コロボックル物語④

ふしぎな目をした男の子

佐藤さとる・作　村上勉・絵

講談社

はじめに

日本のある町の町はずれに、コロボックルの住むコロボックル山がある。山といっても小高い丘のようなもので、近くの人々は鬼門《きもん》山《やま》とよんでいる。

コロボックルというのは、背の高さがおとなで三センチほどしかない、日本の小人のことで、そのコロボックルが千人ほどかたまって住んでいるのが、コロボックル山である。この山の地下には、コロボックルの町がいくつもできている。

念のためにいうが、これはむかしの話ではない。いまの話だ。だから、コロボックル山にも、当然正式な番地もあれば町名もある。しかし、ここではっきりいうわけにはいかない。コロボックルがゆるさないためだ。

「人間に知られて、集まってこられるとこまるんだ。なにしろ、ものずきな人間はいっぱいいるからね」

コロボックルたちは、得意の早口で、そういう。もっとも、あん

まり早口なので、なれない人には、ルルルルルとしかきこえないだろうが。

だからといって、コロボックルたちが、人間をこわがっていると思ったら大きなまちがいである。

生まれつき、たいへんにすばしっこく、人間の十倍も速く走れるから、コロボックルがその気になれば、人間をやっつけることなんか、朝めしまえだ。なにしろ、人間の目には見えないほど、コロボックルはすばしっこい。

じつをいうと、このコロボックル山は、小さいけれども、りっぱな一つの独立国になっている。そして、このコロボックルの国には、クマンバチ隊という隊がある。

隊員は、わかい男のコロボックルからえらばれるのだが、なぜ〝クマンバチ隊〟なんていう名まえがついているかというと、この連中は、いざとなると、毒をぬったやりを持って、人間にでもいぬにでも、くまんばちのようにおそいかかる。目をねらうことも、もちろんできるわけである。

十人のクマンバチ隊員におそわれたら、おそらくぞうでもひっくりかえるだろう。そして、深海用潜水服でもつけないかぎり、このコロボックルのクマンバチ攻撃はまずふせげない。

しかも、コロボックルのすばしっこいのは、足だけではない。頭もたいへんすばしっこい。つまり、頭の回転が早くて、りこうなのだ。そういうすぐれた小人だったからこそ、いままで長いあいだ人の目にふれずに、ひっそりと生きのびてこられた、ともいえるだろう。

ところで、コロボックル山には、人間のつくった小屋が、二つ建っている。一つは、小さいもので、物置ぐらいしかない。これは、山の南斜面の中ほどの、大きなつばきの木の下にある。もう一つは、これよりふたまわりほど大きいのだが、この山がかかえているような、三角の形をした平地のすみに建っている。

この二つの小屋は、片流れの屋根の形や、かべからとびだしたような窓が、よく似ている。まるで、親子のようにそっくりである。

小さいほうは、コロボックルの城で、ここには、コロボックルの役場や、学校や、公会堂や、ラジオ放送局などがある。

もう一つの大きいほうは、いまのところだれも住んでいない。じつは、コロボックルのひみつをよく知っている人間の一家があるのだが、その一家が、ときどきこの山へ遊びにきたとき使うだけだ。もちろん、この二つの小屋を建てたのもその人間で、公式にはこのコロボックル山の持ち主でもあった。

コロボックルたちは、その人間一家を、〝コロボックルの味方〟といっている。ご主人は、町の電気会社の主任技師さんで、おくさんもふたりの子どもも、みんなコロボックルにとっては味方である。

ここいらの話は、なかなかひとくちには説明しにくい。できれば、コロボックル物語の①『だれも知らない小さな国』、②『豆つぶほどの小さないぬ』、③『星からおちた小さな人』を読んでくれるといい。そっちにくわしく書いてある。

さて、こういう「味方」は、コロボックルがえらぶので、人間のほうから、かってにコロボックルの味方にはなれない。だいたい、コロボックルたちは、しょっちゅう人間のあいだを走りまわっているくせに、めったなことでは立ちどまってくれない。つまり、人間には見えないということになる。見えないのだから、人間からはどうしようもないわけだ。

いまのところ、コロボックルの味方は、その電気技師の一家だけである。

だが——。

コロボックルと友だちになった人間が、ほかにいないわけではなかった。

ただし、「友だち」というのは、いままで説明してきたような、コロボックルのひみつは、なにも教えてもらえない。ただ、ひとりの、コロボックルとなかよしになった、というだけである。そして、こういう友だちをえらぶのも、やはりコロボックルのほうで、人間ではない。人間からコロボックルに近づくことは、ほとんどできないといってもいい。

さて、この物語は、そういう〝コロボックルの友だち〟になった人の物語である。

佐藤さとる

目次

ふしぎな目をした男の子

第一章　つむじまがりの学者

1

コロボックル山に、ひげもじゃの、へそまがりの、つむじまがりの、がんこ者のじいさまコロボックルがいた。

このじいさまのほんとうの名まえは、ウメノヒコという。もともと、コロボックルの男はみんなヒコという名で、女はみんなヒメである。上にくっつくウメとかマツとかヒノキとかいう木の名は、一族をあらわす。

だがこんな名まえだと、ウメ族の男はぜんぶウメノヒコという同じ名まえになって、区別がつかなくなってしまう。そこで、それぞれにべつのよび名がつけられていた。

さて、このウメノヒコのじいさまのよび名は、「ツムジ」といった。正式にいうと、「ウメノヒコ＝ツムジ」というわけだ。

このツムジというのは、〝つむじまがり〟のつまったものだ。わかいころから、このコロボックルはたいへんにがんこで、そのうえたいへんにつむじまがりだったという。

ツムジのじいさまは、ウメの一族からもぽつんとはなれて、ひとりでくらしていた。コロボックルの町は山の地下のあちこちに七つあるのだが、このじいさまはどの町にもはいらず、山のうらがわのやぶの中に家をもっていた。

家は、小さな欠けたどびんである。そのどびんがいつごろからそこにあるのかは、じいさまも知らない。とにかくもうずいぶん古いもので、じいさまがまだ子どものころに見つけて、そのころから自分のかくれ家《が》にしていたものだそうだ。

どびんには、つるもふたもない。横にころがった形で、すこし土にうまっていた。そのために入り口は半円よりすこし大きい形になる。その入り口を板でしきり、あかりとりの窓ととびらがつけてあった。

どびんの欠けた口はちょうどななめ上を向いていたので、そのままえんとつに使えた。もちろん雨がふきこまないようにかさをつけてある。

ツムジのじいさまは、そこでもう、長いことひとりぐらしをしているのだった。

どびんの家にはたながたくさんつってあって、書類のようなものがいっぱいならべてあった。このじいさまは、自分たちコロボックルの古いむかしのことを調べるのが、おもて向きの仕事だった。だから、たとえばこんなことも、じいさまにきけばよくわかる。

「コロボックル」というのは、もともとアイヌ語の、「ふきの葉の下の人」という意味で、大むかしからある名まえである。だが、すこし前まで村の人たちは、コロボックルのことを「こぼしさま」とよんでいた。漢字で書くと「小法師《こぼし》さま」となる。小さなお坊さんという意味である。

もっと前には、「コロボッチ」とよんでいたらしい。これも、漢字で書くと「転々《コロ》童子《ボッチ》」となるそうだ。コロボックルのなまったことばにちがいないが、それにしても漢字を見ると、「ころころころがるような、すばやい小人」というような意味もふくまれて、なかなか気がきいている。

こんなふうに、ツムジのじいさまは、コロボックルのあちこちの家にのこされた古い書きつけや、しみだらけの手紙や、年よりからきいた話などを、きちんとまとめる仕事をつづけていた。つまり、このコロボックルは学者だったのである。とてもそんなふうには見えなかったが。

けれども……。

その仕事のためだけに、ツムジのじいさまはひとりぐらしをつづけていたのではな

かった。ほんとうは、もう一つべつのことを、長いあいだ研究していたのだ。

わかいころから、このつむじまがりのじいさまは、先のことがなんとなくわかるような気がしてならなかった。

もともとコロボックルは、みんなたいへん勘がするどくて、二、三分あとのことなら、ほんとうにわかっているみたいなところがある。

ところが、ツムジのじいさまは、二、三分あとどころか半日ぐらい先のことまで、ふっとわかることがたびたびあった。それで、なんとかしてもっとはっきり、もっと先のことまで正確にわかるようになりたいと考えた。そのためには、静かなひとりぐらしにかぎるときめて、なかまや家族とわかれ、このどびんの家にやってきたというわけである。

なにも知らないほかのコロボックルたちは、みんなふしぎに思った。

「おい、ツムジよ、なんでまたきゅうに、そんなところへひとりでもぐっちまったんだい」

顔をあわせると、あちこちでそうきかれた。ついでにことわっておくが、コロボックルどうしの話はものすごい早口である。だが同じ日本語であることはまちがいない。

さて、そうきかれたじいさまは――そのころはまだじいさまではなかったが――にやにやして、こう答えたものだ。

「うん、つまらんことを、くどくどきかれるのがいやなんでね」

「ふうん」

相手のコロボックルは十人が十人、思わずつりこまれた。

「つまらんことって、その、たとえばどんなことだい」

「たとえば、おまえがたったいまきいたようなことさ」

「えっ」

「まったく、つまらんことをきくやつが多くてかなわんよ」

じいさまはにやにやしながらそんなことをいう。このつむじまがりめ、と、みんなはぼやいた。でも、おこるものはめったにいなかった。つむじまがりではあったが、根は正直で働き者であることも、よく知られていたからである。

2

さて、こうしてツムジのじいさまは、ひとりでむかしの古い書きつけを調べながら、ひまさえあれば先のことをうらなうくふうをしていた。

ある夏の朝のこと、いつものように朝つゆを集めにでていった。ここのやぶは水場が遠いので、毎朝つゆを集めることにしていたのだ（冬はしもを集める）。

水おけ——といっても、どんぐりのはかまだが——に水をくみとる前に、いつものとおり、まず手近なつゆの一つぶで顔をあらい、口をすすいだ。さっぱりしたところで、水おけをもちあげ、大つぶのつゆの玉をくみとろうとしたとき、ふとその水玉にちらりとうつったものがあるのに気づいた。

「あれ、モチノヒコじゃないか」

びっくりして、思わずうしろをふりむいた。なかよしのモチノヒコが、こんな朝早くからたずねてきたのかと思ったのだ。だって水玉には、たしかにモチノヒコがわら

いながら歩いてくるところがうつっていたから。

だが、うしろにはだれもいなかった。

もういちど水玉を見た。やはり友だちのモチノヒコにちがいなかった。このモチノヒコとツムジとは、どういうわけかうまがあって、子どものころから仲がいい。そのくせ、会えばおたがいにわる口ばかりいいあっている。

息をころして見つめていると、いきなり水玉はつうっと走りだして、ポトンと下へ落ちてしまった。

「やれやれ」

ツムジは、目をこすってつぶやいた。たぶん朝日に光ってきらきらしていたのが、そんなふうに見えたのだろうと、そのときは思った。

「そういえば、あいつともしばらく会っていないなあ」

そんなことをいっただけで、すぐにわすれてしまった。

ところがその日の午後、モチノヒコがめずらしくどびんの家へ遊びにきたのだ。そのモチノヒコの顔を見たら、朝の水玉にうつったモチノヒコのことを、きゅうに思いだした。それで、ツムジはひざをうってこういった。

「やあ、わかったぞ。わしは、おまえがくるのを、朝から知っていたんだ」

モチノヒコは、このつむじまがりの友だちがなにをいっているのかさっぱりわからず、ただ目をぱちくりさせていたという。

でも、それがはじまりだった。

ツムジのじいさまは、天気さえよければ毎朝つゆの水玉をのぞくのがしきたりになった。といっても、はじめのうちはめったにはっきりしたことは見えなかった。まぶしいばかりでなにがなんだかわからないことが多く、つゆがかわくまで見つめて、目がいたくなったこともたびたびあった。

三年ほどたつと、三日に一度ぐらいは、はじめのときのように、水玉の中にくっきりとかわったものを見るようになった。あるときはコロボックルのすがただったり、またあるときは知らない町の景色だったりした。

ところが、その水玉にうつったものがいったいどういう意味なのか、なかなかわからなかった。

十年ほどたつと、それもすこしずつわかりかけてきた。水玉をのぞくとき、自分がなにを知りたいか、なにを見たいか、強く頭の中に念じていれば、そのことについてちらりとなにかが見えるのである。ほんのちょっぴりしかうつらないから、それを手がかりにしてあれこれと考えなければならない。

ぴったりあたることもあったかわりに、ぜんぜんまとはずれの見当ちがいをすることもあった。

二十年もたつと、もうあまりまちがえなくなった。そして、朝つゆだけでなく自分で水玉をつくってのぞいても、同じように見えるようになっていた。

こうして、とにかく先のことは、ほんのちょっぴりではあったが、かなり正しくわかるようになっていたのである。

このころが、じいさまにとっては、いちばんおもしろかったようである。この調子でいったら先のことはなんでもわかるようになるだろうと、むちゅうになった。むりもないが、むかしのことを調べることも、しばらくはおるすになったほどだ。

――むかしのことを知るのもおもしろいが、これから先のことを知るのは、もっとおもしろいからな――。

じいさまはそんなことを思った。そして、ひまさえあれば水玉を見つめつづけて、とうとう四十年もたってしまった。

ツムジの若者は、いつのまにかツムジのじいさまになっていた。でも、やっぱり先のことはほんのちょっぴりしかわからなかった。せいぜい三日先である。

「いくら先がわかるといったって、これっぽっちじゃしようがない。まあ、わしもたいしたことはないというわけじゃな」

ある日、じいさまはため息をついて、そうつぶやいた。ところがそう思ったら、かえってすっきりしたという。どういうぐあいにすっきりしたかというと、たとえばコロボックルの人相を見ることなどがたいへんじょうずになった。もちろん、だからといって、つむじまがりがなおったというわけではない。

3

男のコロボックルは、ときどき人間の村や町へ、二、三人ずつ組みになってでかける。

これを、「狩り」といっている。狩りだから、もちろんえものをとるのが目的である。だがコロボックルのえものは、動物や魚とはかぎらない。人間が落とした食べ物のくずや、糸くずや、針や、そのほかコロボックルの役に立ちそうなものなら、なんでもえものだ。

この「狩り」は、むかしからつたわるコロボックルのならわしの一つだった。

いまは、コロボックルのひみつを知っている味方の人間一家がいるので、わざわざ狩りになどでなくても、ほしいものはなんでも手にはいるようになった。それでも、コロボックルたちは、むかしどおりに狩りにでる。できるだけ自分たちの力だけで、生きていこうとしているのである。

「味方の人間にばかりたよると、いまにコロボックルはいくじがなくなって、やがてはほろびてしまうだろう」

コロボックルたちは、そう考えている。

ツムジのじいさまも、もちろん狩りにでる。それもきまってたったひとりでいく。なかよしのモチノヒコが心配して、だれかわかい者をつれていけ、と注意したことがあった。このモチノヒコは、人がらのすぐれたコロボックルだったので、早くから世話役（大統領のような役目）にえらばれていた。

そのときも、ツムジのじいさまは、口をひんまげて、首を横にふった。

「わしはひとりがいいんじゃ。ひとりででかけりゃ、気が散らなくていい」

「おまえのつむじまがりは、子どものころからよく知っているがね」

モチノヒコ世話役は、にがわらいしながらいった。

「もし、人間につかまったりしたら、どうするつもりだ」

するとツムジのじいさまは、ひげの中の口をいっそうひんまげて答えた。

「ふん、おもしろい。人間につかまるなんてまったくおもしろいな。わしは、前から一度、人間につかまってみたいと思っているんだがね。なかなかうまくつかまらないよ」

ひどいつむじまがりだな、と、さすがの世話役もあきれてだまってしまったそうだ。

だけど、ツムジのじいさまの口と心とは、ずいぶんちがっていた。口ではそんな乱暴なことばかりいっているが、本気でいっているわけではない。

だいいち、人間につかまるような、むちゃなことはしない。年はとっても、まだまだたいへんすばしっこくて、そのうえ先のことがいくらかでもわかるためだろうか、めったに手にはいらない、すばらしいえものをとってくるので有名だった。

たとえば水晶のかけらとか、腕時計のぜんまいとか、銀の粉とか、うまのしっぽの毛とか、どこでどうやって見つけるのか知らないが、そんなすてきなえものをとってくる。それをまた、おしげもなく人にわけてやることでも有名だった。

「あれ、じいさま。こんないいものもらってもいいのかい」

うっかりそんなことをいうと、もういけない。じいさまはつむじをまげてしまうのである。

「いらないなら、返してもらおうかい」

そういって、ほんとにとり返しそうにする。まるで子どものようである。じいさまとしては、お礼をいわれるのが照れくさいだけなのだが、なにしろたいへんなつむじまがりだから、まるでおこっているように見えてしまう。

きげんのいいときのじいさまは、若者の集まっているところへやってきては、よくこごとをいった。

「おまえたち、しっかりしろよ。人間のまねなんかして、のんきなくらしをしようなんて、けっして思うなよ」

コロボックルに味方の人間ができてからというもの、思いがけないほどコロボックルのくらしはかわってきた。コロボックルの城ができたり、コロボックルの学校ができたりした。それにつれて、むかしからのおきて（きまり）も、すこしずつかわっていった。

それが、ツムジのじいさまには、あまりおもしろくないのだ。

「むかしはな、この山からでるにも、いちいち世話役の許しをもらわなくてはいけな

かった。それがどうだ。いまでは、いつでていっても、いつ帰ってきてもいいというう。わしらは、むかしからきびしいおきてを持っていて、それをきちんとまもってきたからこそ、こうしていられるんじゃ。むやみとおきてをゆるめるのはいかん。いいかね、おまえたちも、そのつもりでしっかりしなさいよ」

じいさまのいうように、ちっぽけなコロボックルたちが生きてこられたのは、きびしく、しかもすぐれたおきてがあったからだ、といえないこともないだろう。むかしのことを調べているじいさまには、とくに強くそう思われたのかもしれない。

若者たちは、おとなしくこごとをきいていた。このじいさまがすぐれた学者だということを知っていたし、だいたい、いいたいことをいってしまえば、いつだって、さっさとどこかへいってしまうからだ。

やがて、友だちのモチノヒコ世話役が、あとをわかいヒイラギノヒコにゆずった。わかい新しい世話役は、コロボックルの国を、ますます新しくかえていった。

コロボックルの新聞が発行されたり、コロボックル用のはばたき式飛行機（オーニソプター）ができたり、テレパシー＝ラジオ（コロボックルのからだが、トランジスタのような働きをすることがわかって、かんたんなしかけでラジオがきこえる）を発明したり……。

ツムジのじいさまは、そのころからめったにこともいわなくなった。ますますつむじまがりになって、狩りにでるほかは、やぶの中のどびんの家にとじこもるようになった。

モチノヒコ前世話役は、やがて病気になってなくなった。その知らせをツムジのじいさまのところへ伝えにいったコロボックルはびっくりした。じいさまが、きちんと礼服を着てあらわれたからだ。

じいさまは、十日も前に、このことを水玉の中に見たのである。じいさまは、知らせにきたコロボックルに向かって、わしと同い年のくせにもう死んでしまうなんてだらしがないといって、口をへの字にまげておこったそうだ。おこりながら、なみだをぽろぽろこぼしたそうだ。

4

そんなツムジのじいさまを、かんかんにおこらせるようなことがとうとうおこった。

ある年の春、コロボックルの「おきて」が大きくかわったのだ。

これまで、コロボックルと人間とがかってにつきあうことは——ただ、すがたを見せるだけでも——かたくとめられていた。コロボックルのひみつを知られるおそれがあるし、ひみつを知った人間が、どんなわるい考えをおこすかわからない、といわれてきたのである。

だから、コロボックルが人間にすがたを見せるには、世話役だけでなく相談役(副大統領のような役目で数人いる)全部の許しがなければいけなかった。

やむをえない理由で、どうもすがたを見られそうだというときには、かならずあまがえるの服を着なければならない（この服を着て、あまがえるそっくりに動けるよう、いまでもコロボックルの学校では教えている）。

ところが、新しいおきてでは、もしコロボックルが自分の気にいった人間を見つけたら、トモダチになってもいい、ということになった。

ただし、ひとりのコロボックルは、一度にひとりの人間としかトモダチになれない。それから、コロボックル山のひみつは、いっさいしゃべってはいけない。

それさえまもれば、人間とつきあってもよいことになったわけである。しかも、どこのどういう人間とトモダチになったか、あとで世話役にとどけるだけでいい。コロボックル山をでて人間の町に住むことも、もちろんゆるされることになった。

ほとんどのコロボックルは、この新しいおきてができたとき、たいへん喜んだ。けれども、ツムジのじいさまはつむじをまげた。いままでにないくらい、おっそろしくひんまげた。

「そんなことってあるものか。わしらのトモダチになれるような、そんな人間がざらにいるわけがない。わかい者たちが、おもしろ半分に人間とトモダチづきあいをはじめたら、コロボックルはきっとだめになってしまう。なんでもかんでも、人間にたよるようになって、しまいにはこの山にも人間たちがわいわいやってきて、わしらはにげださなくてはならなくなるじゃろう。わしは気にいらん。ぜったいに気にいらん」

そういって、役場へのりこんでいった。

わかい世話役のヒイラギノヒコは、この有名なつむじまがりの変わり者の、がんこなじいさまをとても尊敬していたので、そんな心配はないからといって、なんとかなだめようとした。だが、だめだった。

「わしは、もう、この山には用がないようじゃ」

ぷんぷんおこったまま、コロボックル山をとびだして、人間の町へいってしまった。

このへんが、つむじまがりのつむじまがりらしいところだ。そんなに人間とつきあうのに反対ならば、どんなことがあってもわしだけはこの山から一歩もでていかないぞ、とがんばるところだろうに、あまりつむじをまげすぎたものだから、かえって人間のまん中へとびだしていってしまったのである。おまけに、山をでるとき見張りのコロボックル（クマンバチ隊の隊員）に、こういいのこした。

「わしは、町へいってくらすぞ。おきてでは、世話役にことわらないといけないんだったな。わしはとどけるひまがないから、おまえからそういっておいてくれ。いずれ、住む宿がきまったら、知らせるからってな」

じいさまが山からとびだしていったことは、見張りのクマンバチ隊員から隊長のスギノヒコに知らされ、隊長から世話役のところへ知らされた。すると、世話役はにやにやしながらこういった。

「そうか、ツムジのじいさまがでていったか。なるほどつむじまがりだな。しかし、ほうっておくわけにもいかん。クマンバチ隊員をふたりやって、じいさまの行方をさがさせろ。ただし、じいさまには見つからないように。それから、じいさまが宿をきめたことをたしかめたら、そのままだまってもどってくるように」

「それは、もう手配してあります」

スギノヒコ隊長も、にやっとして答えた。

「じつは、隊員にそういって、あとをつけさせました」

「よしよし」

世話役はうなずいた。

「あのじいさまときたら、まったくがんこでしようがない。しかしながら、われわれにとってはたいせつな老人であり、見かけはあんなだがすぐれた学者でもある。あのじいさまはひとりぼっちだし、みんなでだいじにしてあげなくてはいかん」

「わかっています」
隊長はまじめな顔にもどると、敬礼して帰っていった。

5

ツムジのじいさまの宿は、なかなかきまらなかった。ふつう、コロボックルが人間の町へ住みつくときは、たいてい人間の家の中に自分の宿をさがす。なんといっても、人間の家の中は、風もあたらないし、雨もふりこまない。よくさがせば、ねずみもはいれないようないいかくれ場所がいくらでもある。

ところが、ツムジのじいさまは、人間の家なんかに住むなんて、はじめっから考えていない。

山をでていった日は、町のうら通りの石垣のすきまでねた。けれども、あまり寝心地はよくなかったとみえて、つぎの日の夜は、芝生の庭においてあったからっぽの犬小屋にもぐりこんだ。この小屋にいぬがいなくなってから、ずいぶんたっているようだったが、それでも、じいさまは、ひろい犬小屋のすみっこで、ぶつぶつ文句をいった。

「どうも、やっぱりいぬのにおいがする」

そこで、つぎの夜は、たばこ屋の横のあき地で、かれ草のかげにねた。

「星が見えるな。山にいるときも、ときどきこうして、星の見えるところでねたもんじゃ」

そういっていばっていたそうだ。もう春だったから、寒くてふるえあがるようなことはなかっただろうが、明けがたにはつゆがおりて、かなりねぐるしかったとみえる。あとで、じいさまをつけていたクマンバチ隊員のひとりは、隊長のところへ知らせにきたとき、わらいながらいった。

「きょうも、朝から宿さがしですよ。この調子じゃ、なかなかじいさまのねぐらはきまりそうもありません。いま、じいさまはひるねをしているので、そのすきに報告にきたのですが」

なにしろきのうの夜は、ろくにねむれなかったようですからね、とつけくわえて、隊員はいそいでまたもどっていった。そして四日めの夜、ようやくのことで、ツムジのじいさまの宿がきまった。

古いうめの木の幹にぽっくりあいていたほらあなだった。中はあんがいと広かったらしく、かれ草やわらをもちこむと、すてきなねぐらになったようである。ツムジのじいさまは、せっせと働いた。うめの木の皮で戸をつくり、入り口につけたりした。

そのことも、すぐにコロボックルの山へ知らせがいった。

「どうもすみません」

知らせをもって山へ帰ってきたクマンバチ隊員は、報告をすませたあと、隊長と世話役の前で頭をさげた。

「すみませんって、なにが」

「いえ、その、つまり、わたしたちはじいさまに見つかっちまったんです」

「ほう」

世話役は、おもしろそうな顔をした。隊員は、頭をかきかきこんな話をした。

「あのじいさま、ほんとに油断がなりません。わたしたちがずっとあとをつけていたこと、ちゃんと知っていたんです。それで、自分の宿がきまると、あっというまにわたしたちの前へとびだしてきました。ありゃ、まったくたいへんなじいさまだ」

思わずそんなことばをはさんで、あわててつづけた。

「ええと、つまりこういうんです。『きみたち、ご苦労だった。わしの住むところもきまったから、もう安心しろ。おきてにしたがって、ほんとうならわしが山へもどって世話役にとどけなくちゃいけないんだがな、ものはついでだ。おまえさんたちから、そういっておいてくれ』って」

「ふふふ」

世話役は、おもしろそうにわらった。そして、わらいながら手をふった。

「よろしい。それで正式のとどけとみとめよう。ところで、じいさまのことばじゃないが、ものはついでだ。きみたちふたりはときどきじいさまを見にいって、なにかこまっていることはないかどうか、気をつけてやれ。なるべく――そう、なるべくじいさまには見つからんようにな。そっとしておくんだ。いずれ、係のものを見舞いにいかせるがね。それまではほうっておこう」

さて、こうしてツムジのじいさまの住みついたうめの木は、町の小さな公園にあった。公園とは名ばかりで、子どもの遊び場といったほうがいいくらいである。がけ下のわずかなあき地に、ぶらんことすべり台と鉄棒と砂場があるだけだった。いや、ほかにベンチが一つあった。

うめの木は、もとからこのあき地のすみにあったもののようだ。ほかに、つつじやあおぎりなどが三、四本植えられていたが、うめの木はいちばんおくのがけの真下にある。たけはたいして高くないが、幹は太く、さしわたしで二十センチ近くあったろうか。もうずいぶん古い木のようだった。

うめの木は、はだがあらくて木のぼりには向かないし、草むらのがけ下にあったため、公園に集まる子どもたちはめったに近よりもしない。もちろんツムジのじいさまは、そういうことも考えたうえで、この木をえらんだのかもしれない。

「うん、うめっていう木は、だな」

自分の新しい家がすっかり気にいったとみえて、じいさまはひとりごとをいった。

「見たところじみな木なんじゃ。そのくせ春一番に花をつけて、すばらしいにおいを流す。そういう木なんじゃ。うん、ウメノヒコを名のるコロボックルも、そうでなくちゃならんわけじゃな」

6

このうめの木に住めば、わざわざ人間の家まで狩りにでかけることもなかった。子どもたちは、じいさまのほしいものをなんでも公園にもってきて、落としていったのである。

ふだんの日の昼前は、小さな孫をつれたお年よりや、赤ちゃんをつれたわかいおかあさんが、何組もやってきた。お昼をすぎると、幼稚園や、小学校の一、二年生ぐらいの小さい子から集まりはじめる。やがてこれに三、四年生、五、六年生とまじってくる。

そして、三輪車をのりまわしたり、キャッチボールをしたり、石けりやなわとびをしたりして遊ぶ。夕がたごろが、公園はいちばんにぎやかだった。

夜になると、こんどはわかい人たちがきた。ちょっとぶらんこにのったりはするが、たいていは静かに話をしたり、たばこをすったりして、また静かに帰っていく。

「こうして見ていると、人間なんてまぬけなやつらばかりだが、まあ、なかなかかわいいところもあるわい」

じいさまは、うめの木のえだのたいらなところにあぐらをかいて、毎日公園をながめてくらした。

なにしろ、ほかにすることがないのだから、たいくつでたまらない。いくらひとりぼっちにはなれているといっても、そうそうひげの手入ればかりしているわけにもいかない。といって、古い書類は、みんな山のどびんの家においてきてしまった。

じっとしているとからだがなまってしまいそうなので、ときどき力いっぱい運動をした。

走っている自転車のスポークのあいだをくぐりぬけたり、ぶらんこをしている女の子のおさげの先にぶらさがって、ぶらんこをしたり（これは二重のぶらんこをしたことになる）、なわとびのなわの上を走ってみたりした。

なわとびのなわの上といっても、なわはじっととまっていたわけではない。ふたりの女の子がなわの両はしを持って、びゅうびゅうふりまわしていたときだ。そのなわの上を走りぬけるのは、いくらコロボックルでもむずかしい仕事だったが、じいさまはちゃんとやってのけた。

もっともあまり調子にのって、何回もくりかえしているうちにとんだ失敗をした。ぐるぐるまわっているなわの中に、もうひとりの女の子がはいってとびはじめたのだが、二、三度とぶとなわを足にひっかけた。

はずみをくらったじいさまは、五メートルもふっとばされてしまった。

ちょうど、ようすを見にきていたクマンバチ隊の隊員は、思わずかくれていた草かげからとびだして、じいさまにかけよろうとした。ところがじいさまは、さっと立ちあがって、うめの木のほうへ消えていったということだ。

そんなじいさまが、ひやりとするようなことが起こったのは、それからまもなくである。

午前の静かな公園に、おばあさんにつれられた二つぐらいの男の子が遊びにきていた。めずらしく、公園にはそのふたりだけしかいなかった。

「ははん、きょうはあの組が一番のりか」

じいさまは、日あたりのいいうめの木のえだにこしかけて、みのむしの皮でつくった雨がっぱの手入れをしていた。いつのまにかじいさまにも、顔なじみの人間が何人かできていたのである。このふたりも、ときどき見る顔だった。

ふくふくと育った男の子は、まゆがきゅっとつりあがっていて、ほんのちょっぴり目がやぶにらみだった。口をへの字にむすんで、額にたてじわをよせて、あたりを見まわすところは、いまにこいつ、たいへんなわんぱく小僧になるぞ、という気がした。そのくせ、わらうと女の子のようなかわいい顔になる。

「ふん」

じいさまは、この子を見ると、なかまのコロボックルたちを思いだした。からだつきが、なんとなく似ていたからだ。おとなでも、コロボックルは人間にくらべれば頭が大きく、ちょうどこの男の子くらいのつりあいだった。

男の子は、まだ赤んぼのくせになかなか度胸があった。

その日も、まず、すべり台にひとりでのぼって、わざと頭からすべりおりたり、うしろ向きにすべりおりたりした。そのあと、ぶらんこにかけよって、ひとりでぶらんこの板によじのぼった。ぐらりと、ぶらんこがゆれて、男の子は地面にころがった。

「ほらほら、あぶない」

おばあさんが、はらはらして手をだしたが、その手をふりはらうと、またすぐぶらんこにかじりつく。そしてまたころがりおちた。

何度も何度も、よじのぼっては落ちるくせに、頭をぶつけるということがない。くるんくるんところがっては、きゃっきゃっとわらった。

「ふふふ、たいしたもんじゃ」

ツムジのじいさまは、つい、立ちあがって、その子の近くまで走っていってみた。

すると、男の子は、走ってくるじいさまを見た。

じいさまは、びくっと首をすくめた。

7

相手が赤んぼだったので、じいさまも、ちょっと油断したのかもしれない。それにしても、男の子のほんのすこしやぶにらみの目は、じいさまの走るとおりにすばやく動いた。

(ひぇっ!)

じいさまは、口をすぼめた。

(いかん! 油断大敵とはこのことじゃ。こんな坊やに見られるようじゃ……)

そこで、こんどはじまんの足をけって、坊やの足のあいだを、正面から一気にすりぬけた。

するとまた、男の子はじいさまを見た。

じいさまが走ったとおり、男の子は自分の足のあいだをのぞきこんだ。あんまり力いっぱいからだを前にかがめたために、男の子は、きれいなでんぐりがえしをうった。そしてにこにことわらいながら立ちあがった。

「ぼくの、あんよのとこ、だれかが、はちっていったよ、おばあたん、ねえ、おばあたん」

「なんのことなの、タケルちゃん」

おばあさんは、男の子の背中の土をはたきながらいった。

「なにが走っていったの」

「あのね、ちいちゃい、ちと」

まだ、舌がよくまわらない。しかし、それをきいて、ツムジのじいさまはぞっとした。この男の子は、〝小さい人〟が、自分の足のあいだを走りぬけていったと、おばあさんにいっているではないか。

「あらそう、おもしろいねえ」

おばあさんは、そう答えただけだった。男の子のほうも、それっきりで、またすべり台にかけよっていった。

すっかりあわてたツムジのじいさまは、公園のすみを大まわりして、うめの木にもどった。そして、いちもくさんに自分の宿へとびこんだ。

(えいくそ！　こんなことってあるか！)

頭を二つ三つ自分でたたいて、じいさまはつぶやいた。

「わしは、まだまだ、人間の目にとまるほど、もうろくはしておらんぞ。そのわしが、あのときはいつもより気をいれて走った。それなのに、あの男の子はわしを見たといっている。ほんとじゃろか」

じいさまは、気をおちつけるために、ひしゃくで水がめから水をくみ、ゴクリとひと口のんだ。それから、ふと思いついて、ひしゃくの水を外のうめの葉にさっとかけた。

水玉がポタンポタンと落ちて、やがてじっととまる。その水玉を、じいさまはぼんやりと見つめていた。

「おやおや、わしは今夜おそく山へ帰って、世話役と会うことになりそうじゃな、ふうん、この水玉にうつっているわい」

そうつぶやいてはいたのだが、水玉のことなんて、まるっきりうわの空だった。ものはためしじゃ、とじいさまは考えた。あの男の子が、ほんとうに自分のすがたを見たのかどうか、もういちどたしかめてみたくなった。まだ信じられなかったので

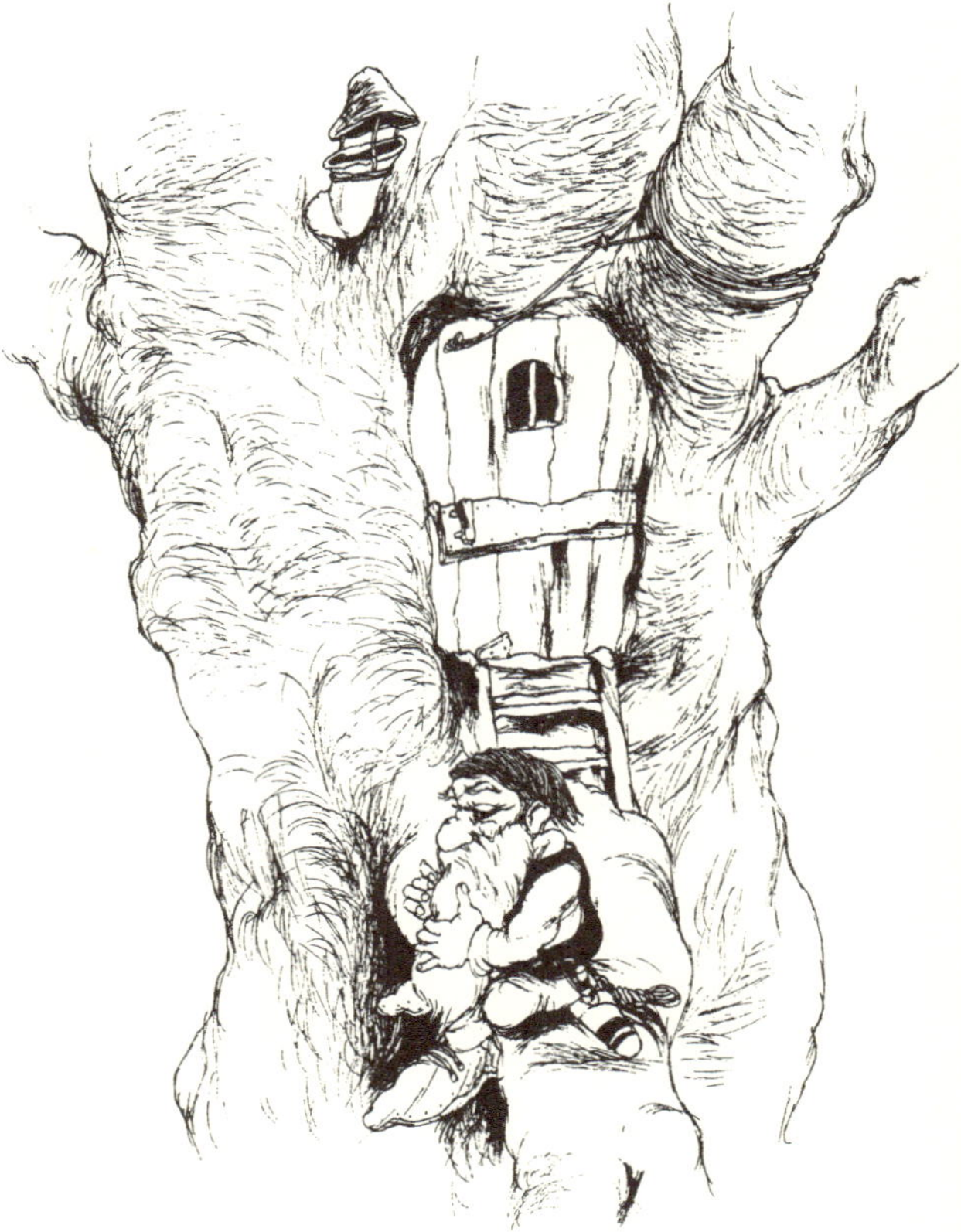

ある。

さっとうめの木からとびおりると、砂場でいたずらをはじめた男の子のほうに向かった。そして、かがんで砂をいじっている男の子のまわりを、それこそ力いっぱいの速さでまわってみた。

や、や、や、や、や、や、や、や、や、
やはり男の子はじいさまを見た。

男の子の目がすばやく動き、からだはじいさまを追って、くるっと一回転した。おかげで男の子は、砂の上にひっくりかえった。

「どうしたの、タケルちゃん」

おばあさんがきくと、男の子は答えた。

「あのね、ちいちゃあい、ちとがね、くるくるって」

「ふうん、そう、おもしろいねえ」

おばあさんは、わけのわからないままにうなずいた。そして、たもとからハンカチをだすと、男の子の鼻にあてた。

「おはながでてるね、タケルちゃん。ほら、チーン」

「いやいや」

男の子は、顔をそむけてにげだした。そのあとを追いかけながら、おばあさんがいった。

「ほらほら、もうおうちへ帰りますよ。ママもおそうじがおわって、タケルちゃんを待っているよ」

8

ツムジのじいさまは、おばあさんに手をひかれて、公園をでていく男の子を、じっと見つめていた。

どっちみち、もっとよく調べてみなくてはいけないと、じいさまは考えた。

(どうも、あの子はわしらコロボックルの動きについていけるような、すごい目をもっているらしいわい)

じいさまはそう思った。あとを見おくりながら、ひとりごとがでた。

「えらいこっちゃ。あの子が、もしほんとうにわしらの動きを見る目の持ち主だったら、こりゃ、わしも考えをかえなくてはいかん」

それからあと、一日じゅう、じいさまは、うめの木の家にとじこもってすごした。

(こうなったら、あの子を、だれかがずっと見はっていたほうがいいだろうな)

何度も何度も考えては、ひとりでうなずいた。夜になっても、まだ首をひねっていた。

(あのむかし話も、うそだとはいえなくなるようじゃな。わしは、てっきり作り話だと思いこんでいたっけが)

そのむかし話というのは、じいさまが、前に調べて書きとったもので、こんな話である。

むかしむかし、人間の男たちが、まだちょんまげをゆっていたころ、鍛冶屋《かじや》のせがれで、コロボックル——むかしの村人はこぼしさまといっていたが——を見ることのできる男がいたという。

名まえを藤助《とうすけ》といって、子どものころから、なにをやらせてもはしっこかったそうだ。おまけに藤助は、コロボックルがどんなに速く走っても、きっとすがたを見たというのである。

藤助がふとしたことから剣術をならうようになったとき、なにしろすばらしいいい目を持っていたので、相手のうちこんでくる木刀がどんなにするどくても、はっきり見わけることができた。ところが、はじめのうちは、からだが目についていかないために、みすみす相手にたたかれてしまった。それで藤助はずいぶんくやしい思いをしたということだ。

そのうちに、だんだん身のこなしがじょうずになると、ほんの紙一まいのあいだをおいて、相手の木刀をかわしたという。つまり、剣術の名人といわれるようになったのである。

「ふうむ」

ツムジのじいさまは、思わずうなった。

「そうすると、あの子もいまに剣術の名人になるか――いや、いまどきはそんなんじゃない。ほれ、なんといったっけか。人間の子どもたちが、いってたな。棒っきれで、まりをひっぱたいて――そうそう、野球だ。野球の名人になるかな」

じいさまも、ここのところ、しばらく公園にくる子どもたちをながめていて、だいぶ新しいことをおぼえていた。

「うーん。わしは、山をとびだしてきてよかった。ああいう人間と、もしなかよくなれたら、わしらみんなのためにもなるにちがいない。反対に、あんなのが大きくなって、わしらの敵になったら、それこそうるさくてこまるじゃろう」

そうつぶやいて、じいさまは立ちあがった。さっそく、うめの木の家からとびだすと、コロボックル山へ向かって、まっしぐらに走った。

そのときになって、じいさまは思いだした。昼前、気をおちつけるために水玉をのぞいたときから、今夜おそく山へ帰ることになりそうだと、たしかわかっていたはずだった。

あんまりびっくりしていて、さすがのツムジのじいさまもわすれていたのだ。じいさまは暗い夜道を走りながら、思わずにがわらいをした。

やがて、見張りのクマンバチ隊員が目をむいたほどの勢いで、コロボックル山へかけこむと、まっすぐコロボックルの城へいき、その城のかべにかかっているこわれたはと時計のとびらの前まできて、世話役をたたきおこした。このはと時計が、世話役の家だった。

「とにかくそういうわけじゃ」

ツムジのじいさまは、世話役に向かってくわしく話をした。世話役は目をぱちぱちさせて、終わりまできいていた。

「ありがとう、じいさま」

ききおわって、世話役は、まずお礼をいった。それから何度もうなずいた。

「そんな人間がいるなんて、ほんとのところ、いまのいままで信じていなかった。それはたぶん、何万人にひとり、いや、何百万人にひとりというような、めずらしい人間なんだと思う。そういう人間にめぐりあえたというのは、しかも、まだ一つか二つぐらいの小さい子どものうちにめぐりあえたというのは、わしらにとってたいへん運がよかったようだ」

ちょっとことばをとぎらせて、世話役はあごをなでた。

「わしらが人間とトモダチになるには、相手がおさないほどうまくいくんじゃないかと、わしは考えているんです。だから心配はありません。すぐトモダチにしてしまいましょう」

じいさまも、うなずいた。

「で、だれがその子のトモダチになるかね」

「だれがって」

世話役は、びっくりしたように目をあげた。

「きまっているじゃありませんか」

「というと、つまりこのわしにトモダチになれというわけか」

ツムジのじいさまは、あきれたような声でいった。

「じょうだんじゃない。わしは、そんなのごめんこうむる。そんなことがいやだから、だからわしは、この山をとびだして、そして……それに、わしはもうじじいだ。いまさらそんな、赤んぼみたいな人間と……トモダチになんか……」

「いやですか」

世話役が目でわらいながら、静かにいった。ツムジのじいさまは、ふんと、横を向いてしまった。

9

世話役は、だまっているじいさまの肩に、そっと手をおいた。

「こんどだけはいわせてもらうよ、じいさま。あんたは、たいへんなつむじまがりだっていうけれど、これは世話役としていいたい。その子どもを見つけたじいさまが、いちばんいいんだ。だいたい、年よりと子どもっていうのは、むかしから気があうものとしてある。どうかよろしくたのみます」

「ふん」

つむじまがりの、がんこ者の、変わり者のじいさまとしては、そこで、ぐいっとつむじをまげたいところだった。けれども、こんどばかりはまげなかった。

「よし」

にやりとわらって、あっさりひきうけたのである。

「ただし、どうおだてられたって、わしがじじいであることにはかわりない。だから、あの男の子とわしとは、いつまでもトモダチでいるわけにはいかんぞ」

「わかりますよ、じいさま」

世話役はわらった。

「先のことにはなるでしょうが、いずれ、じいさまの気にいったわかいコロボックルに、あとをひきつがせましょう。それでいいですか」

「もう一つある」

じいさまは、めずらしくもぐもぐと口ごもった。

「つまり、わしは、わしが集めた古い書きつけを、すこしばかり山から持ちだしたい

んじゃが、どうじゃろうか」

「もちろん、かまいませんよ」

「うん、そうか、あれはわしひとりのものでなく、コロボックル全体のものじゃからな。世話役の許しがなければ、山から外へは持ってでるわけにはいかんので。つまり、わしはひとりでいるとたいくつしてな」

「ふふふ」

世話役はわらった。つむじまがりのじいさまが、子どもみたいにいいわけをして、へどもどしているのがおかしかったのだ。

「心配しないで、いるものは持っていっていいですよ。あっちでもぜひいい仕事をつづけてください」

「ありがとよ」

そのあと、しばらくのあいだ、ツムジのじいさまはだまっていたが、やがて、ぽつんと口をきいた。

「なあ、ヒイラギノヒコよ」

世話役を、そうよんだ。

「わしは、あの人間の男の子が気にいってるんじゃ。うん、いっぺんで気にいったんだな。ひと目ぼれっていうやつだよ」

それをきいて、世話役は、うれしそうにはっはっはと、声をおさえてわらった。じいさまも、ふっふっふと、声をころしてわらった。もう真夜中だったから。

とにかく——。

そんなことから、ツムジのじいさまは、人間とトモダチになってしまった。

その知らせをきいて、おどろかないコロボックルは、ひとりもいなかった。なにしろ、たいしたつむじまがりだったのだ。そして、その、つむじまがりのじいさまが人間とトモダチになるなんて、とても考えられなかったのだ。

でも、世話役のいったとおり、じいさまと男の子——タケルちゃん——は、とてもうまくいった。相手の人間がおさないと、トモダチになるのもらくだ。めんどうなことは、なんにもいらない。

ひとりで、庭にでて遊んでいたタケルの前に、ツムジのじいさまはのこのことでていった。すると、タケルは平気な顔でこういった。

「こんちは、ちいちゃい、おじいちゃん」

それで、もうあいさつがすんだのである。ツムジのじいさまは、タケルの家に、ときどき遊びにいった。そして、話をした。

タケルは、「小さいおじいちゃん」が大すきで、どんなにむずかっていても、たちまちきげんがよくなった。

とくに、夜ねないでぐずっているとき、ツムジのじいさまが、タケルの耳もとへきてお話をしてやると、タケルはうす緑色のタオルケットをチューチューしゃぶりながら、すやすやとねむるのだった。

第二章　タケルとヒロシと用水池

1

ふしぎな目をもったタケルの家は、すぐ近くにあった。町の小さな公園から、いちどにぎやかな町通りへでて、そこから左のがけの上にわかれてあがっていく、ゆるい坂道をすこしのぼったところである。

この町には丘が多く、こんな坂道があちこちにあった。

この坂道の右がわは、ガードレールのついたがけっぷちで、左がわだけ家がならんでいる。

下から、かどのパン屋さん、そのつぎが、生け垣にかこまれた大きな古い家、そのつぎは金あみのかきねにかこまれた芝生つきの大きな新しい家がある。前にツムジのじいさまがひと晩とまったことのある、いぬのいない犬小屋のあったのはこの家だ。

芝生つきの家のつぎに、かわいい二階屋があった。右上から左へ流れる片流れの屋根で、二階がそのまま左へすこしずれて、とびだしたような形だ。どこかで見たよう

な気がするのは、コロボックル山にある二つの小屋によく似ているためかもしれない。

とびだした二階の下には、自動車のタイヤのあとがある。車庫に使っているのだろうが、いまはからっぽだ。

家の正面には、かんばんがかかっている。

フジノ建築事務所　一級建築士　フジノシゲル

フジノシゲルというのが、タケルのおとうさんである。

ガラス戸の中を、ちょっとのぞいてみよう。わりあいと広いコンクリートのゆかの部屋になっている。左のかべに向けてそまつな木のつくえがある。つくえの上には、電話がのっている。花びんものっている。大きなチューリップがさしてあった。

右のかべには窓があって、その下にふたり用の長いすと、ひじつきのいすが二つ、きゅうくつそうにならんでいる。そのあいだには、小さいテーブルがおいてあった。テーブルの上には、たばこの灰皿と、本が一さつひらいたままになっている。どういうわけか、本の上に水道のじゃぐちがころんとのせてあった。

部屋のあちこちに、タイルの見本や、ベニヤ板の見本や、すてきな家の写真や、ポスターや、カレンダーなどが、きれいにかざってある。

おくのかべには、左にドア、右にカーテン。カーテンのかげには、図面をかく製図台がちらりと見えている。ドアとカーテンのあいだのかべに、しゃれたかけ時計がおさまっていた。

その時計が、ボーンと一つ鳴った。いまちょうど二時半。部屋にはだれもいない。春の日が、ガラス戸からさしこんでいる。時計が静かな音をたてているだけで、なんとなくねむくなるような気分だった。

と、そんな気分をひっかきまわすように、いきなり電話が鳴った。一回、二回、三回……。

だれかが、トトン、トントンと、二階からかけおりてきた。

パチンとドアがあいて、スリッパをはいた小さな男の子が、部屋にとびこんできた。大いそぎでスリッパをぬぎすてると、いすにのった。そうしないと電話に手がとどかない。

つくえに手をかけて受話器をとると、大きな声でいった。

「はい、フジノ建築事務所です」

建築事務所が、「けんちこじむしゅ」ときこえた。

「あ、おとうさんか。うん、ぼくひとり。おかあさんはね、いま、洗濯物ほしてるの。おばあちゃんはお使い。ミイコは昼寝しているよ」

そういって、ほっとしたように、つくえにこしかけた。

「うん、わかった。だいじょうぶ。そんなこと、ちゃんとできるよ。うん、だれもこなかった。うん。スギヤマさんがきたら、待っててもらうんだね。三時に帰るからって。そういうよ。おかあさんにいうよ」

こっくん、こっくんと、何度も電話にうなずいてから、バイバイと見えないおとうさんに手をふって受話器をもどした。

そのとき、男の子は、ちょっとかわったことをした。つくえの上の花びんのかげをのぞきこんで、にこっとしながら、「こんにちは」とつぶやいたのだ。

「おかあさあん、あのねえ」

こんどは、さけびながら、ドアからでていった。あとには、また静かな時計の音と、男の子のスリッパがのこった。

この子がタケルだ。

そんなはずはない。あの子は、まだ赤んぼだったじゃないか、と思うかもしれないが、まちがいではない。つまり、あれから三年たっているのである。

タケルはもう五つで、幼稚園にかよっていた。

さきほど、タケルが花びんのかげに向かってあいさつしたのは、そこにコロボックルのツムジのじいさまがいたからだった。

タケルは、〝ツムジのじいさま〟を短くして、「ツムジイ」とよんでいた。ツムジイは、三年たっても、あいかわらず元気だった。

いまでも、小さい公園にあるうめの木のほらあなに住んでいて、三日に一度ぐらい、タケルの前にあらわれる。

2

タケルは、自分のまわりに、ときどき小さな小さなおじいさんがあらわれて、耳もとでおもしろい話をしてくれたり、いたずらのしかたを教えてくれたり、そのくせ、あぶないことをすると、きびしい声でとめられたりするのになれていた。

なにしろ、赤んぼのころからそんなことがあったので、自分では、ふしぎでもなんでもなかったのだ。ふしぎなことは、ほかにあった。

その小さいおじいさんのすがたが、おかあさんにも、おとうさんにも、おばあちゃんにも、ぜんぜん見えないらしい、ということだ。

それに気がついたとき、タケルはあまりふしぎで、おかあさんにきいてみた。二年ほど前のことである。

「おかあたん（さん、といえなかったころだ）、ほら、小ちゃいおじいちゃんがいるよ。見えないの」

「見えませんよ」

おかあさんは、あきれたようにいった。

「そんな小さいおじいちゃんなんて、いるわけがないでしょう」

「でも、いるんだよ。ちゃんといるんだってば。ぼくには見えてるよ。おはなちだってするよ」

「ふふふ」

おかあさんは、タケルの頭をなでてわらった。

「おかしなことを考えるのねえ、タケルちゃんは」

「だけど、ほんとだよ。ほら、あちょこにいるよ」

タケルは指さした。ツムジのじいさまはおかあさんのかげにいて、タケルに向かってゆっくりと首を横にふっていた。おかあさんは、ついつられてタケルの指さしたほうをふりかえったが、そのときはもう、さっとツムジのじいさまはかくれていた。

おかあさんは、タケルを見てしかった。

「いやな子ね。おかあさんをからかったりして、わるい子」

「ぼく、わるい子じゃないやい」

きかんぼのタケルは、むきになった。そして、なんだかかなしくなって、そのあと、さんざんだだをこねてあばれて、やっとさっぱりした。

だが、タケルがひとりになると、小さいおじいさんが耳もとへきて、そっとささやいた。

「いいかい、タケル坊や。よくきいておくれ。わしのすがたは、タケルにしか見えないんだよ。だから、ほかの人にはだまっていたほうがいいのだ」

ツムジのじいさまは、タケルが、こんなふうに、自分が人とちがうことに気がつくのを、ずっと待っていたのだ。そして、気がついたら、はっきり教えてやろうと思っていたのだ。

「いいかね。おかあさんにもおとうさんにもおばあちゃんにも、わしは見えない。そういう見えない人たちにわしのことを話してきかせると、みんな心配したりびっくりしたりすることになる。わかったかね」

「うん、ぼく、わかったよ」

タケルはおとなしくうなずいた。

もしもタケルが、もうすこし大きくなっていたとしたら、きっと、「なぜ自分にだけ見えて、人には見えないのか」「小さいおじいちゃんは、いったいどこからきたのか」などと、つぎからつぎへききたがったことだろう。

ところが、タケルはまだ小さかったので、いっぺんに一つのことしか、気にならなかった。人に話さないほうがいい、ということだけよくわかったので、それで満足した。

とにかく、それからというもの、タケルは、小さいおじいちゃんのことをめったに口にしなくなった。たまにうっかりしゃべっても、おかあさんやおとうさんがびっくりしないように、気をつけるようになった。どちらかというと、おかあさんよりもおとうさんのほうが、タケルのそんなひみつをきかされても、おどろかなかったようだ。

「そうか。おまえには、小さいおじいさんの守り神さまがついているんだったっけな」

そんな返事をされると、タケルも思わず得意になって答えてしまう。

「神さまとは、ちがうみたいだよ、ツムジイは。だって、人間とおんなじようにだんだん年をとって、いつかは死ぬんだっていってたもの。神さまなら死なないよね」

「なるほど。神さまでないとすると、なんだろうね」

「うん、でも、ぼく、やっぱり神さまみたいなものだと思うな。神さまとはちがってもさ」

「そうすると、神さまでない神さまだね。その、ツムジイさんは」

「そう」

タケルは、首をかしげながらいう。

「ぼく、ほかにもツムジイのなかまは、たくさんいるんだと思うよ。どこかにみんなかくれているんだ、きっと。ツムジイはなんにも教えてくれないけれどね」

タケルは、どうやら、コロボックルのひみつに、そのころから感づいていたらしい。

3

さて、事務所の時計が三時をうつと、まもなくにぎやかな声がした。おとうさんの自動車が帰ってきたのだ。

「さあ、どうぞ」

作業服を着たおとうさんは、よその人といっしょだった。背の低い、色の黒い男の人で、おとうさんよりずっと年上の人だ。

「おうい、スギヤマさんをひろってきた。お茶をさしあげておくれ」

おとうさんはドアを半分あけて、おくに向かって、ふきこむようにいった。それからふたりは長いすとひじかけいすにわかれてこしをおろすと、世間話をはじめた。

しばらくして、おばあちゃんがお茶をはこんできたとき、タケルもくっついて事務所にはいってきた。そして、つくえのかげのかべによりかかってこしをおろすと、持ってきた絵本をひざの上にひろげた。おとうさんもお客さんもおばあちゃんも、そのことには気がつかなかった。タケルはとてもおとなしくしていたからだ。

「いよいよだそうですねえ」

それは、おとうさんの声だ。それにスギヤマさんが答える。

「そうなんです。いよいよはじまります」

「あのへんも、すっかりかわってしまいますなあ」

「まったく。向こうがわの山をけずって、桜谷《さくらだに》のたんぼをうめるんですから」

「たんぼを、ねえ」

おとうさんは、ため息のようにいった。

「たんぼが見られなくなるのは、さびしいですね。わたしの子どものころは、桜谷のずっと町よりのほうも、すっかりたんぼでしたよ。まず、駅の近くがうめられて工場になりました。それがいまの中央光学工場です」

「そう。もっとむかしは、線路のそばまでたんぼでしたが」

「ううん、それは知らないな。わたしの知っているのは、小学校の分校ができたころぐらいです。いまは柏《かしわ》小学校になってますが」

「そうでしょう。あの小学校が十五年ぐらい前でね、あれからこっちは、しばらくたんぼがのこっていました。七、八年前に、ちょっぴりうめたてられて、アパートができましたな」

「柳《やなぎ》アパートですね」

「そう、それからあとが早かった。ばたばたうめたてられて、どんどん家が建った。シラカバ幼稚園もできたし——、ええと、あれがいつごろでしたか」

「まる三年前です。わたしが設計をたのまれたので、よくおぼえています」

「ほう、そうでしたか。あれはフジノさんの設計でしたか」

「そうなんです。ひとり立ちして、この事務所をつくったばかりでしてね。いやもう、たいへんでしたよ」

「なかなかたいしたもんだ」

　スギヤマさんは、ちょっとおおげさにいって、またすぐつづけた。

「このあたりのたんぼといったら、もう桜谷にちょっぴりあるだけですよ。こいつも、どうせ近いうちにはなくなっちまうだろうと思ってはいましたがね」

「それがとうとうなくなるのは、さびしい気がします。たんぼになえが植えられて、だんだん大きく育って、やがて秋になって、いねのみのるころには、こうばしいにおいがただよってねえ。とてもいいものでしたが」

「それも、もうおしまいというわけですな。ほんのちょっぴりのこった桜谷のたんぼも、きれいにうまっちまう。山が一つなくなってね。今年じゅうには家が建って、町になるでしょうな」

「そういえば、桜谷のどんづまりに用水池がありますね。あれも、うめるんですか」

「うん、それがね」

スギヤマさんは、首をかしげた。

「あの池も、これですっかり用がなくなるわけだ。たんぼの水がたりないときのために、むかしの人がつくったもんだからね。たんぼがなくなりゃ、池もいらないわけだ」

しわだらけの日にやけた顔を、つるんとなでていった。

「ところが、あの池のある土地は役所のものでね。かってなことはできないらしい」

「そうですか。まあ用はないといっても、池の一つぐらいは、のこしておきたいものです。わたしも子どものころは、よく遊びにいきました。親にかくれて水浴びにいったりしたところです」

「しかしまあ、こいつもたんぼと同じで、いずれはうめられちまうんだろう」

そういって、スギヤマさんは、ポケットからたばこをとりだした。

「で、わたしにお話とは」

おとうさんが、いすにすわりなおしてきいた。スギヤマさんは、たばこに火をつけながらうなずいた。

「それそれ。じつは、わたしのところも、新しい家につくりなおしたくてね」

「なるほど」

ふたりのおとなは、こうしてむずかしい仕事の話にはいっていった。

4

つくえのかげで、絵本をながめていたタケルは、おとなの話の中に「シラカバ幼稚園」ということばがでてきたときから、じっと耳をすましていた。シラカバ幼稚園は、タケルのかよっている幼稚園だったからだ。

その幼稚園を、おとうさんが設計したということはタケルもよく知っていた。幼稚園の友だちにも、じまんしたことがある。

「この幼稚園つくったの、ぼくのおとうさんだぞ」

するると、友だちのひとりが、びっくりしてききかえした。

「タケルちゃんのおとうさんは、大工さんなの」

「ちがうよ」

タケルは、いっしょうけんめい説明した。

「ぼくのおとうさんはね、園長先生にたのまれて、図面をかいて、教室の広さや、窓の大きさなんか、きめただけなんだ。設計っていうんだ」

そして、もしおとうさんが大工さんだったらもっとよかったのに、と思ったものだ。

（ふうん、シラカバ幼稚園のところは、むかし、たんぼだったのかあ）

タケルがそう考えて、また絵本にもどったとき、おとうさんたちの話は桜谷の用水池のことにうつった。このときも、タケルは顔をあげて耳をすました。

なぜかというと、その用水池もタケルはよく知っていたからだ。よく知っていただけでなく、その池はタケルの大すきなところだった。おとうさんと散歩するときも、たいてい池のふちまでいくことにしている。

この池へひとりでいってはいけませんと、家の人にいわれていた。幼稚園の先生にも、同じことをいわれた。もちろん、ひとりでいって、水に落ちるとあぶないから

だ。

けれども、きかんぼのタケルは平気だった。ただきかんぼなだけでなく、ふしぎに用心ぶかいところがあって、あぶないかあぶなくないか自分でよく知っていた。

タケルは、幼稚園の帰りに、池を見にまわり道することがよくあった。そして、ツムジイがついてきているのがわかったときだけ、池のふちまでいった。ツムジイが見えないときは、遠くから見るだけで、すぐにもどってきた。

ツムジイは、タケルが池に近づいていくのを知ると、きまって耳もとでささやいた。

「池へいくなら、ころぶな。水に落ちても、わしは助けられんぞ」

それだけで、あとはなにもいわない。ツムジイはいつもそんなやりかたをした。タケルがよほどむちゃをしないかぎり、とめたりはしない。

(あの池も、うめられるんだって)

タケルは、ふいに絵本をとじた。

(あの池がなくなるなんていやだな)

くちびるをひんまげて、そう思った。ほんのすこしやぶにらみの目は、いまでもそのままである。

（ぼく、もっと大きくなったら、船をつくって走らせにいこうと思っているのに）

タケルは絵本を持って、静かに立ちあがった。

音がしないようにそっとドアをあけて、事務所からぬけだした。そのあと、ドアがまたそっとしまる……。

しばらくすると家のうら口があいて、タケルがひとりでとびだしてきた。長ズボンにジャンパーを着ていた。

うら口から庭へでて、庭のかきねの木戸をとおって、となりの家とのあいだの細い道から、畑のわきの一本道を走っていく。かげろうがタケルのうしろでちらちらとゆれていた。

畑の向こうには、また家がある。このあたりは町はずれの丘の上で、道の右がわはささやぶのがけだ。そのがけの下にも家の屋根があり、その向こうに四階だてのコンクリートのアパートが、きちんと四つならんでいるのが見おろせる。

「タケルちゃん、どこへいくの」

男の子が二、三人遊んでいて、タケルに声をかけた。だがタケルは、うん、とうなずいただけでとおりすぎた。

道の左がわには、小さな家がつづいていた。そこを走りぬけるとこんどはくだり坂になって、その先はきゅうな石段につながっている。

この石段は、下の町の道まで八十八段もあった。タケルには、まだぜんぶはかんじょうができないのだが、八十八段あるということはよく知っていた。とにかくここは、タケルが毎日幼稚園にかよう道である。

その八十八段の石段を、タケルは身がるに走りおりていった。中ほどの四十段めぐらいのところで、ふっと、タケルのすがたがきえた。

そこの左がわに、細い切り通しの道があった。上から見ただけでは、そんなわかれ道のあることなどぜんぜんわからない。

タケルは、その切り通しのわき道へ、とびこんでいったのだ。

5

切り通しのわき道は、左も右もむきだしの土の土手で、その土手の上には、道におおいかぶさるようにして、木や草がしげっていた。そのために道には日がさしこまないから、いつもじめじめとしめっていた。

「おっと」

ぬれた岩はだに足をとられたタケルは、思わずそんな声をあげて立ちどまった。それから、びっくりしたように地面を見て、にこっとした。

「ほら、ころばなかったろ」

そこに、ツムジイがいたのだ。ツムジイは、タケルのあとを、ずっとつけていたようだった。

ツムジイはちょっと肩をすくめて、そのままさっときえた。いや、きえたように見えた。もちろん、ツムジイは、タケルのようにわき道へとびこんだわけではなく、すばやく走っていっただけである。

けれども、タケルの目は、道の先をずっと見おくっていた。ツムジイのすがたが見えているのにちがいなかった。

「ツムジイったら、どんどん先へいっちゃって、ぼくがどこへいくつもりかわかってるのかな」

そんなことをつぶやいて、またちょこちょこと走りだした。

切り通しの細い道はすこしずつくだり坂になって、ところどころに段がついてく

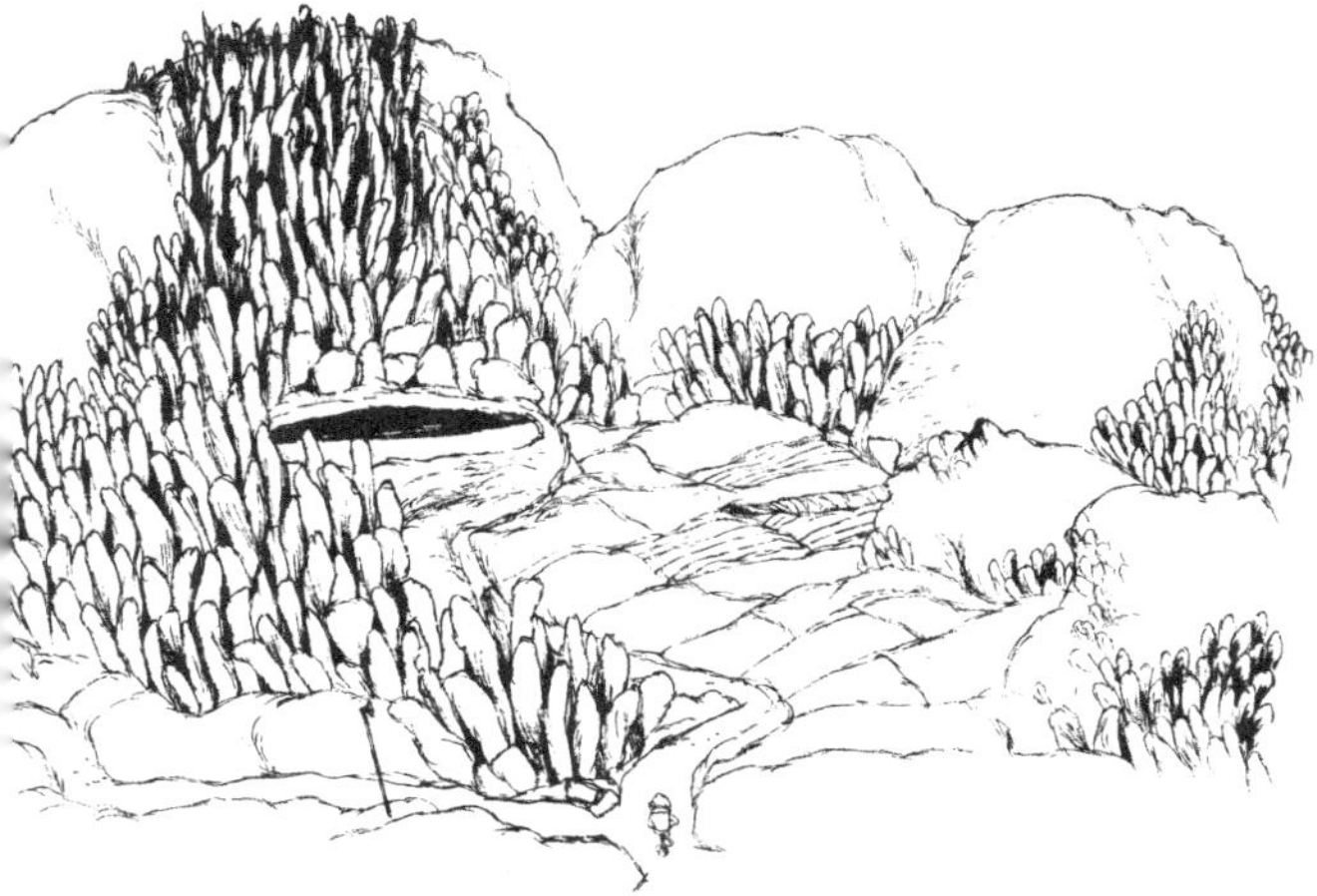

る。そして、いきなりぽかっと広いじゃり道にでた。
目の前に草ぼうぼうのたんぼが見えていた。この近くでたんぼが見られるのはここしかない。つまり、ここが桜谷だった。たんぼの向こうには、雑木林のゆるい丘がある。
じゃり道を、右へいけばシラカバ幼稚園のほうへいく。先ほどの八十八段の石段をまっすぐおりて下の道へでたほうが、幼稚園にはずっと近い。だが、タケルは、ときどきこの遠まわりの道を使った。
さて、タケルは、用心ぶかく道をのぞいたあと、右へまがらずに左へまがった。そのますこしいくと、道は二つにわかれるが、タケルは右へいく。桜谷のおくへ向か

うにしたがって、たんぼがすこしずつ高くつみかさなるようにつづいていた。じゃり道も、それといっしょにすこしずつのぼり坂になっていった。
道の左がわはこんもりした山で、雑木林になっている。山とじゃり道とのあいだは、小川がはさまって流れていた。小川といっても、水はほとんど見えないくらいの細い流れだ。
進むにつれて、右がわのたんぼは小さくせまくなっていった。道のはばはあまりかわらないが、草がしげって、人のとおるところはほんのひとすじになる。
その道も谷のどんづまりで、とうとうなくなってしまう。小川も地面の下の土管にかくれる。

そこからは、目の前のやぶのがけに、ななめについた細道を、ぐいぐいとのぼる。

「ぼく、ちゃんとわかってるさ」

タケルは、はあはあ息をはずませながら、ひとりごとをいった。いや、ほんとうはひとりごとではない。いつものように、ツムジイが肩にのってきて、ひとことだけ注意したのだ。タケルはそれに答えたわけである。

「ぼく、池を見たいんだ。ゆっくりながめるだけさ。水いたずらなんかしない」

そして、かまわずに草の土手をのぼっていった。

その土手は、たしかに人がつくったものにちがいなかった。いまではあちこちにすすきの株がはえていたり、くずれたあとがあったりして、はっきりしなくなっていたが。

チョロチョロと、土手の右はしで水音がしていた。草のかげに鉄の丸ハンドルのついた小さなコンクリート製の水門があって、池からあふれた水が流れだしているのだ。

土手の中ほどから道は「く」の字にまがって、左の雑木林にはいっていく。林の中は、つる草と、ささやぶと、木のえだにかこまれて、まるでせまいトンネルの中を歩くようである。

そのトンネル道を右にまわりながらくぐっていくと、やがて目の前の木と草でできたまるいトンネルの出口の向こうに、青い空をうつしたきれいな水面が、しんと静まりかえっているのだ。

ここが、桜谷の用水池だった。思いがけないほど大きく広く、ほとんどまんまるの形をしていた。水ぎわまで近よれるのは、土手の上のたいらなところだけで、あとは山がせまっていて、水の上に木や草がかぶさっている。池のまわりの山はみんな杉林で、その山のかげが水にうつってゆらゆらゆれていた。杉林のあいだから、春のやわらかい日がちらちらともれていた。

「ほら！」

タケルは土手の上の草はらに立って、そんな声をあげた。こんどは、ツムジイに向かっていったのではなかった。

ほら、こんなにきれいな池じゃないか。うめたりしないでよ。

タケルは、おとなたちに向かっていったのだ。池がいらない、なんていうかもしれないおとなたちに。

すると、思いがけなく近くから人の声がした。

「びっくりさせるなよ」

そういって、茶色のセーターを着た男の子が、すすきの株の向こうから、ひょっこりすがたを見せた。四年生か五年生ぐらいの男の子だった。

6

その子は、すすきのかげで、短いつりざおを池にさしのべていた。びっくりしたのは、タケルも同じだ。だれもいないと思っていたのだから。

タケルが、この池でつりをしている人に出会ったのは、これがはじめてだった。

「さかながびっくりするからな。静かにしてくれよ」

男の子は、小さな声で、タケルにいった。日にやけて、がっしりした子だ。

「さかな、つってるのかい」

タケルは近づいていってかがみこみながら、ささやき声できいてみた。

「ああ、つってるのさ。見りゃわかるだろ」

「どんなさかなが、いるんだい」

するとと、相手の男の子は、うふっとわらった。

「そいつがよ、まだわかんねえんだ」

「なんで」

「なんでって、まだ一ぴきもつれねえからさ。ふふふ」

それでもまだ、タケルがふしぎそうにじっと男の子の顔を見つめていたものだから、男の子は、しかたがないというふうに、説明してくれた。

「この池にはな、いまさかながいるかいないかわからねえんだよ。五年ごとに、水を落としてそうじをするためだって。もし、さかながいても、そのときとっちまうから、なかなか大きく育たないんだっていうよ」

「それでも、つりをしているのかい」

「そうさ。いるかいないか、わからないところがおもしれえんだよ。おまえ、どこの子だい」

いきなりきかれて、タケルは大いそぎで答えた。

「ぼく、フジノタケル。シラカバ幼稚園にいってるよ」

「ふうん、そうか」

男の子は、水のほうに目をもどして、ゆっくりといった。

「こんなところまで、ひとりできたのか」

しかられるかもしれないと思ったタケルは、わざといばって答えた。

「うん、ひとりだよ」

もちろん、いまでもきっと近くにいるはずのツムジイは、かんじょうにいれていない。ツムジイとタケルは、ふたりあわせてもやっぱりひとりだ。

「えらいな、おまえ。まだ幼稚園だっていうのに」

ほっとして、タケルは肩の力をぬいた。男の子はしかるどころか、えらいなとほめてくれたのだ。そこで、安心してききかえした。

「おにいちゃんは、どこからきたのさ」

「え？　ああ、おれか。おれはね、あのすぐうらに、家があるよ」

そういって、池のうしろの杉林を指さした。タケルは立ちあがって、男の子の指の先をのぞきこんだ。

「ははは」

男の子は、おもしろそうにわらった。

「いくら背のびしたって、見えるわけはねえよ。山の向こうの谷だからな」

「なんだ、そうか」

「いまおまえがのぼってきた林の中の道をな、こっちへでてこないでそのまままっすぐいくと、池の向かいがわへいくんだ。そこから杉林をぬければ、おれのうちに……ちょっと待て……」

水の上の赤いうきがぴくんとゆれて、水の輪がひろがった。目を光らせた男の子は、うっというような声をあげて、さおをはねあげた。

糸の先には、小さなさかなが光っていた。その小さなさかなは、男の子があまり勢いよくさおをあげたために、ヒュッと音をたてて、タケルの顔に真正面からぶつかっていった。

ピシャリとあたった、と思ったのだが、タケルはほんのわずか首をひねっただけで、きれいによけた。またたき一つしなかった。

「ごめんよ」

男の子は、そんなタケルのすばやい動きを見て、ちょっとふしぎそうだったが、すぐ目をさかなへうつした。

「ほら、ちび、見ろよ！　さかなだ。やっぱりいたんだ。さあ、おじいちゃんに見せてやるぞ！」

「すごいね」

ちびなんてよばれたこともわすれて、タケルはすりよった。

「生きてるね！」

「あたりめえさあ。こいつは、くちぼそだぜ。おれ、くちぼそぐらいは、きっといるだろうって思ってたんだ」

「よかったねえ」

「ああ」

にやっとうれしそうにわらって、男の子は、針からさかなをはずし、水をいれたあきかんにうつした。そして、さっさとつりざおをかたづけはじめた。

「なあ、ちび、おれといっしょに、おれのうちへこいよ。おれ、うちのおじいちゃんとかけをしたんだ。おれはこの池にさかながいるっていうのに、おじいちゃんは、まだいないだろうっていったんだ。だからさ、おれがここでさかなをつったら、もっといいつりざおを買ってくれるっていったんだ」

タケルがきょとんとしているのにはかまわず、男の子はつづけた。

「こんなけちなつりざおでなくってよ、おれ、もっとすごいつなぎざおがほしいのさ。だから、おまえ、いっしょにきてくれよ。おれが、たしかにここでくちぼそをつったって、おじいちゃんにいってくれよ」

「うん」

「おまえは、ええと、なんていったっけ。ああそうだ、証人だ。証人なんだからな、おまえは。おまえは、なんていう名まえだっけ」

「フジノタケル」

「そうか、タケルか。タケルちゃんだな。おれは、カキムラヒロシっていうんだ。四年生さ。さ、いこう」

「だけど……」

タケルはこまった。

「ぼく、あんまりおそくなると、しかられるよ」

「うん、そうだな。よし、おじいちゃんにこのさかなを見せたら、すぐにおれが、おまえのうちまで、送っていってやる。だから安心しろよ」

ヒロシは、小さなさかなをつったことがよほどうれしかったのだろう。たちまちしたくをすませて、先に立った。

「さあ、こっちだ」

7

ヒロシの家は、ほんとうに池のすぐうらだった。

しめっぽい杉林の草をかきわけていくと、いきなり南に向かった小さな谷間の横にでた。ところが、その谷間いっぱいにきみょうな形をした建物や、小さいクレーンのような機械や、鉄のパイプや、木の箱のかたまりや、小型トラックなどが、散らばっていた。

タケルは、杉林をでたところで、そんなへんてこりんな景色を見おろして、どこかで見たことがあるなあと思った。

——そうだ、これは、おもちゃ箱をひっくりかえしたときと、そっくりだ——。

まわりは、静かな杉林や雑木林にかこまれているのに、ここだけは思いがけないほどあたりとようすがちがう。

谷の入り口には、りっぱな鉄のさくがあり、大きな鉄門がある。その門の向こうは麦畑で、その畑のまん中に、ひろいでこぼこのじゃり道がつづいている。

ジージージー、バチバチバチ……。

そんな音がして、赤い火花が、屋根だけの建物の下からもれてきていた。

「おい、おどろいたかい」

ヒロシがにやにやしていった。

「おれのうち、鉄工所なんだ。おじいちゃんとおとうちゃんと、上のあんちゃんと、中のあんちゃんと、みんなでやってるんだ。おれもいまに学校でたら、いっしょに働くつもりだよ」

「こんな山の中に、工場があるの」

タケルは、目をまるくした。

「そうだよ。もとは町にあったんだ。だけど町はせまくて、おまけに道路をひろげたとき、工場を半分けずられちゃったんだって。だから、おれが三つのとき、ここへひっこしてきたのさ。もとはおじいちゃんの家があって、百姓してたんだっていうけど、いまは鉄工所だ」

「鉄工所って、なにをつくるの」

「いろんなものだよ。鉄のかきねや、自動車のガレージや、ベランダの手すりや、鉄の柱や、鉄のはしごや、なんでもつくるんだ」

そのあいだにも、バチバチバチという音と、火花はつづいていた。あれは、鉄と鉄をくっつけているのだ、とヒロシがいったそのとき、べつのところで、カーン、カーンと鉄をたたく音がした。

「あれがおじいちゃんだ」

ヒロシの指さす先に、男の人がいた。きちんと作業服を着て、作業用の帽子をかぶった人が、向かいのがけにたてかけた鉄の棒を調べていた。

「おじいちゃあん」

ヒロシは、タケルがびっくりするような大声をはりあげて、細道をかけおりていった。タケルも、そのあとからとことことついていった。

トタンぶきの、そまつな家のわきにおりて、片流れの屋根だけの仕事場——そこでだれかがバチバチと、赤い火花を散らしている——の前をとおって、谷間の向こうがわへかけぬけた。

「なんだ、ぼうず」

作業服の男の人がふりかえった。遠くから見たときは、がっしりしていてわかい人のようだったが、近よってみると、たしかにしわだらけのおじいさんだった。

「ほら、見てよ！　おじいちゃん、くちぼそだぞ。おれ、うらの池でつったんだ」

「どれどれ」

おじいさんは、手に持ったハンマーを、作業服のズボンの大きなポケットに落としこんで、ゆっくりとヒロシのさしだしたあきかんをうけとった。

「なるほど。いくら小さくても、こいつはさかなにちげえねえな。ほんとにこいつがあの池にいたのか」

「そうさ。ほら、ここに、ちゃんと証人をつれてきた」

ヒロシはそういって、タケルをおじいさんの前におしだした。

「おやおや、こんなかわいい子、どこの子だ」

「ぼ、ぼく、あの、フジノタケル」

「フジノタケル？　フジノっていうと、もしかしたら、フジノ建築事務所の、あのシゲルさんの子かね」

「そうだよ！」

タケルは、自分の父を知っている人に出会ったのがうれしくて、大きな声をだした。

「そうか。やっぱしそうかい。坊やのおとうちゃんなら、わしもよく知ってるよ。な

るほど、そういや、おやじさんにそっくりだ。ヒロシ、この坊やが証人っていうわけか」

「そうなんだ。これがつれたとき、ちょうどこの子がきてて見ていたんだ。なあ、ちび」

「うん、ほんとだよ。つれたんだよ。だから、ほんもののすごいつりざお、買ってやってよね」

「はっはっは」

おじいさんは、ゆかいそうだった。

「そうか、よし。約束はまもるぞ。つりざおはひきうけたが、しかし、あの池にさかながいるとなると……」

そういってから、指をおってかぞえていたが、やがてうなずいた。

「なるほど、ここしばらく、池の水をぬいていないからな。そろそろさかなも、育ちはじめていいころか」

ヒロシは、タケルの耳にささやいた。

「おじいちゃんはね、池のことならなんでも知ってるんだ」

すると、おじいさんは目を細めていった。

「坊や、それはほんとだ。わしの子どものころはな、家はもちろん百姓だ。わしは百姓仕事のあいまをみちゃ、あの池へ遊びにいったもんだ」

おじいさんはなつかしそうだった。きっと、自分の子どものころを思いだしたのだろう。

8

「さあ、ちび、いこう。送っていってやる」

ヒロシはほうりだすように、いきなりつりざおもあきかんも足もとへおいて、タケルの手をひっぱった。

「うん」

タケルはうなずいて、それから思いきっていった。

「ねえ、おにいちゃん、ちびってよばないで、タケルってよんでよ」

「まあ、気にするな」

ヒロシはあっさり答えたが、それでも、タケルの気持ちがわかったとみえて、にやにやしながらいった。

「とにかく、いこうぜ、タケルちゃん」

へへっと、タケルはわらった。とてもうれしかったのだ。だから元気よく、ヒロシのあとからとびだした。

帰り道は、杉林をこえずにまっすぐ鉄の門から広いじゃり道へでた。この道は桜谷のじゃり道へもつながっていて、わりと近道である。ここから先はタケルが道を教えた。

やがて、ふたりは細い切り通しの道へはいり、そこから八十八段の石段のとちゅうへでて、その石段をのぼりきったところで、どちらからともなくならんで石段にこしをおろした。

ここまでくれば、タケルの家はすぐそこだ。タケルもヒロシもほっとしていた。もう夕がたが近く、ふたりのほっぺたに夕日がうつっていた。

「わあ、すごい夕焼けだ」

ヒロシは、両手を上にのばしてさけんだ。

「わあ、すごい夕焼けだあ」

タケルも、まねをして手をのばした。そして、ふたりはそのまましばらく空をながめていた。からすが鳴きながら桜谷のほうへとんでいった。

「ねえ、おにいちゃん」

タケルが下からヒロシをのぞきこむようにして、いいかけた。

「おにいちゃんはよせよ。おれはヒロシっていうんだから名まえをよびな。くすぐったくて気持ちがわりい」

タケルはにやっとした。似たようなことを、さっきはタケルがヒロシに向かっていった。こんどはヒロシがタケルに向かっていった。仕返しされたようなものだ。

「それじゃ、ヒロシさん……あれ、ぼく、なにをいおうとしていたのか、わすれちゃった」

はっはっはあと、ふたりは声をあわせてわらった。

「あのな、あの桜谷の用水池にはおもしろい話があるんだぜ。教えてやろうか」

ヒロシがいうと、タケルは目をかがやかせた。

「うん、教えて」

「よし」

ヒロシは足を組みかえて、石段の上にあぐらをかいた。

「おじいちゃんにきいた話だよ。ええと、あの池ができるずっと前、ええと、あそこに冷たい清水《しみず》がいきなりわきだしたんだ。ええと、その清水がわいてから、すいせんの花がさいて、夏になると、ほたるがいっぱいとぶんで、ええと、むかしはほたる沼とか、水仙沼《すいせんぬま》とかいってたんだってさ。だけど、その沼は浅くて、ひざぐらいまでしかなかったんだ」

ヒロシは、さかんに、ええと、ええと、とはさみながら話してくれた。

そのほたる沼には、かわったいいつたえがあった。かっぱが住んでいたというのである。浅くてひざぐらいしかない沼に、かっぱなんて住めないと思うかもしれないが、それがいたのさ、とヒロシはいった。

「ちっぽけなやつでね、〝一寸（三センチほど）かっぱ〟っていうんだ」

ヒロシは、右手を夕焼け空に向けた。そして、人さし指と親指で、三センチぐらいの長さをつくってタケルに見せた。

「ふうん」

タケルは、そうするとツムジイと同じくらいだな、と思った。

「その小さいかっぱは、いまでもいるのかな」

「いないさ」

ヒロシはあっさりと答えた。

「いないけど、そのかわりに石があるんだ。水の神さまなんだってさ。清水をわきださせたのがその一寸かっぱで、あの池の水がいまでもすごくきれいなのは、水のわき口を、一寸かっぱがまもっているからだっていうよ」

「そうか」

「その、水のわき口においてあるのが、かっぱ石っていってね。池の水をからっぽにしたときは、そこにしめなわをはって、神主さんがきて、おそなえ物をまつったりするんだ」

「おもしろいなあ」

タケルは、小さなかっぱのすがたを、頭の中に思いうかべてつぶやいた。

「あの池、ずっとなくならないといいねえ」

「ああ、おれもそう思う」

ヒロシは、大きくうなずいた。

「おれが、おまえぐらいのころは、まだほたるもたくさんいたんだ。近ごろじゃ、ぜんぜんいないけどな」

「だけど、くちぼそがいるじゃないか」

「ああ、そいつがわかったのは、ありがてえ」

「うめられるといやだなあ」

タケルがそういうと、びっくりしたように、ヒロシはタケルを見た。

「うめるって、だれが」

タケルは、あわてて首を横にふった。

「知らない。だけど、ぼく、きいたんだ。桜谷のたんぼをうめて、町ができるって。そうすれば、池は用がないから、きっとうめられるだろうって」

ヒロシはだまっていた。そんなことさせるもんかというように、口をぎゅっと結んでいた。しばらくして、ほっと息をついた。

「じゃ、おれ、もう帰るぜ。ここからなら、ひとりでいけるんだろ」

「いけるよ。どうもありがと」

「じゃあ、またな。遊びにこいよ。おれのうちのほうへこい。そうしたら、いっしょに池へつりにいこう」

タケルはうなずきながら二、三歩いきかけて、あわててまたもどってきた。

「ぼく、さっきいいかけたこと、思いだしたよ。すごいつりざお買ってもらったら、古いほうをぼくにかしてくれるかい」

「いいよ、おまえにやるよ」

ふたりは、にっこりわらってわかれた。

だが、もうひとり、ヒロシとタケルの話をずっときいていたものがいた。そう、もちろんツムジのじいさまだ。ツムジのじいさまは、タケルのあとから、なにか考えながら、ゆっくりと走っていった。

さすがのタケルも、うしろにいるツムジイのことは、見えなかった。

第三章　二つのいいつたえ

1

一月《ひとつき》ほどたった静かな夜のこと――。

町の小さな公園にある、古いうめの木も、若葉のかおりにつつまれていた。白つつじの花が、ぼうっとうきあがって見えていた。

「人間ちゅうやつは、まったく……」

そのうめの木のほらあなで、ツムジのじいさまは、ぼそぼそと話をしていた。小さなガラスびんの中で青いりんがもえて、部屋の中を照らしていた。

「つむじのまがるようなことがあったかね」

相手をしているのは、同じコロボックルのヒノキノヒコだった。このコロボックルはよび名をトギヤという。トギヤは大工仕事がじょうずで、ひまさえあれば、のみやかんなの刃――それらはもちろん、たいへんにかわいらしいものだ――をといでいるので、トギヤとよばれるのである。

トギヤは、世話役のいいつけで、町にあるコロボックルのかくれ家をときどき見まわる。かくれ家がいたんでいないかどうか調べて、なおすところがあればすぐになおす。

ツムジのじいさまのうめの木の家にも、三月《みつき》に一度ぐらいはまわってくるが、このトギヤとツムジのじいさまとは、ふしぎと気があった。

トギヤはもともとぶっきらぼうなたちで、相手ががんこ者のツムジのじいさまでも、平気でずけずけといいたいことをいう。それが、ツムジのじいさまには、かえって気楽だったようだ。

トギヤは、今夜のように、じいさまの家でおそくまでやすんでいくことが、いままでにもよくあった。

「まったく人間ちゅうやつは、めちゃくちゃをやる」

ツムジのじいさまは、トギヤに向かって文句をいった。

「いまさらの話でもないでしょう」

トギヤはすましてそう答えると、ほらあなをぐるっと見まわした。

「なあ、じいさま、ここも、だいぶ古くなったな。こんど、すっかり新しくつくりなおすことにしようか」

「なあに、まだまだ、このままでいい」

部屋の中は、コロボックルふたりがすわりこむと、もういっぱいである。入り口近くには、水がめや、つぼや、さらがおいてあるし、おくのほうには、寝台《ねだい》がある。そのほかのかべには一面にたながつってあって、コロボックル山のどびんの家からすこしずつはこんできた古い書類が、ぎっしりつまっていた。

「ところでじいさま、わしは、一つたのみがあるんだがね」

部屋を見まわしながら、ぼそりといった。

「なんだか知らんが、いうだけいってみなさい」

「うん、じつは、わしのむすこを町へつれてきてやろうと思っているんだが、そのとき、ここへよって、ひと休みしていってもいいかね」

ツムジのじいさまは、じろっとトギヤをにらんで、ふん、と鼻を鳴らした。

「おまえのむすこも、五つになったか」

「なった」

「そうか、早いものじゃな」

じいさまは、ひげをしごきながら、天井を向いて答えた。

「コロボックルの男の子が五さいになれば、人間の町を見せるのは親のつとめじゃ。

と

しっかり見せてやれ」

「うん、そのつもりだ。で、そのときちょっとここへよって、夜までやすませていきたいんだ」

「ことわっても、どうせくるんじゃろ」

「まあ、そうだ」

「おまえの考えは、ちゃんとわかっている。むすこに会って、わしに行く末をうらなってくれというんじゃろが」

　このコロボックルのじいさまは、人相を見て先のことがわかるらしい、ということは、いつのまにかコロボックルのあいだに知られていた。トギヤも、もちろんよく知っていた。

「やれやれ、わかっているならぜひたのみます」

「ふん、まあよかろう。しかし、わしのいうことなど、あまりあてにはならんぞ」

「あてにするかしないか、じいさまに見てもらってきめるさ」

「うん、そういえば、思いだした」

　じいさまは、ふいに顔をあげてつぶやいた。

「わしのほうにもたのみがあった」

「なんです」

トギヤは、はりきって答えた。じいさまの役に立つのがうれしいのだ。

「なんでもひきうけるよ。もっといいかくれ家をさがしますか」

「よけいなことはいわんでいい」

ぴしゃりと、おさえつけるようないいかただ。しかし、トギヤはなれているから、平気でにやにやしていた。

「山にあるわしのどびんの家は、知っているだろうね」

「もちろんさ。知らないコロボックルは、まず、いないね」

クフンと、ツムジのじいさまは、鼻を鳴らした。

「わしは、家の中のことをいってるんじゃ。おまえは、たびたびあの中にはいったことがあるはずだ」

「あるよ。じいさまがるすになってから、ときどき見まわるようにって、世話役にいわれているから」

「そんなら、左のたなの、上から三つめにある書きつけだ。それをここへとどけてくれ」

「左のたなの、上から三つめだね」

「そう、黄色い糸でとじてあるから、すぐわかる」

トギヤは、のみこむようにうなずいた。

「すぐとどけよう」

ああ、と答えて、じいさまは、またぽつんといった。

「この町のおくに、桜谷というところがあって、そこに、用水池がある」

2

トギヤは、いきなり話しだしたツムジのじいさまを、おもしろそうに見つめていた。

「その桜谷の用水池へ、わしは一月ほど前にいってみた。うん、タケル坊のあとについていったわけだが」

タケルとツムジのじいさまのことは、トギヤもきいている。タケルに会ったことはなかったが。

「そのとき、桜谷にすこしのこったたんぼのわきをとおった。あのへんはなかなかいいところだ」

「うんうん。わしもいったことがあるよ」

「そいつが、なんということだ。あっというまに、うめたて工事がはじまった。東がわの丘の上に、土をけずる大きな機械が……」

「ブルドーザーでしょう」

「そう、そのブルドーザーが三台もはいりこんでいてな。ひどい音をたてて土をけずっては、たんぼへ落としていた。みるみるうちに、たんぼはうめられていく。なんとも、人間というやつは思いきったことをするもんじゃのう」

「そのことか、さっきから気にしていたのは。だがじいさまよ。そんなのは、いまはじまったこっちゃないだろ。このへんのたんぼは、みんな、町に近いほうからじゅんじゅんにうめられて、家が建っていったんだからね」

「そのとおり。たんぼをつくったのも人間、それをうめるのも人間、わしらの口をだすところではないが、しかし、桜谷の用水池はうめられたくないんじゃ」

「なぜ。あれだって人間がつくったものだろう」

「うむ。いまのように、大きな池にしたのはたしかに人間じゃがね。その前にわざわざ水の道をつけて、わき水をひいて、あの谷のおくに沼をつくったものがいたんじゃ。つまり、あの池のもとになった小さな沼をつくったのは、人間ではないよ」

「ほう」

トギヤは、ひざをのりだした。

「もともとあったのではなく、人間がつくったものでもないとすると、だれだ。もぐらか、野ねずみか。それとも……」

「それとも、わしらコロボックルの先祖たちか」

ツムジのじいさまは、両手でひげをしごいて、にやりとした。トギヤは、しげしげとじいさまの顔を見てなにかいいかけたが、けっきょくなにもいわずにため息をついた。じいさまは、かまわずにつづけた。

「わしはいま、そう考えている。用水池ができるほど、たっぷりあふれる水の道をさぐりあてて、それをあけたのは、きっとわしらの先祖じゃ。まあ、ちょっときけ」

「きいてます」

「百五十年ほどむかし、わしらの先祖が、新しいすみかをつくりかけた話は、トギヤもきいたことがあるじゃろう」

ツムジのじいさまは、そんなふうに話しはじめた。

そのころ、いまのコロボックル山からあまり遠くないところに、新しいコロボックル山をひらきはじめたといわれているのだ。コロボックルの数がふえて、もっとふえるかもしれないと考えられていたためである。

ところが、なぜかその話は、それしかつたわってはいない。新しいすみかになるはずだった山がどこにあったのか、そして、その大仕事がどうなってしまったのか、いまではほとんどなにもつたわっていないのだ。

「それが、どうやら、あの桜谷のおくの山だったらしい。わしもついこの前までは、わからなかったがね」

「ふうん」

トギヤは、目をまるくした。

「そんなことが、古い書きつけにでていたのかい」

「いや、どこにもでていなかったね」

あいかわらず、意地のわるい答えかただ。トギヤは口をとがらせた。

「それなら、どうしてじいさまにわかったんだ」

「耳を働かせ、目を働かせ、足を働かせ、そして、頭を働かせると、そういうことになるな」

「でも、ふしぎだねえ」

トギヤは、ほんとうにふしぎそうだった。

「じいさまにだけわかるなんてね。そんなことが、なぜわしらには、なにもつたわっていないのかな」

「それは、たぶん、そのころのコロボックルたちにも、くわしいことは知らされなかったためにちがいない」

「だから、なぜ」

「失敗したからさ。新しいコロボックルの山をひらくことは、失敗した」

「失敗したって」

目をあげて、トギヤはじっとじいさまの目を見た。

「失敗したなんて、どうしてわかる」

「ははは」

めずらしく、じいさまはわらった。

「おちついて考えてみろ、トギヤ。いま、コロボックルの山は一つしかない。失敗していなければ、二つあるはずじゃないか」

「なるほど」

ふふふ、と、トギヤもわらった。

「いわれてみれば、そのとおりだね」

3

じいさまは、きげんよく、もっとくわしい話をしてくれた。

「古い書きつけには、この話が、あちこちにちょっぴりずつでていてな。それをまとめると、だいたいのことは想像がつくんじゃや。たとえば」

じいさまは首をかしげて、思いだすようにつづけた。

「こんなこともでている。『新しい国づくりは、水の道をあけて、人の足を遠ざけることからはじまる』というのだ。それから、『三十八人分のあまがえるの服をそろえて、送りだした』という、そのころの古い手紙もある。ただし、どこへ、なんのために送ったのかは、どこにも書いてない」

「……待ってくれ、じいさま。わしにもすこしわかってきた。わしらの先祖は、水の道をとおして、山の前に水をはった。その仕事のために、あまがえるの服が、いっぺんに三十八もいることになったわけだろ」

「うん。こういうふうに、二つだけとりあげると、おまえでも、その二つを結びつけて考えることができる。だが、たくさんの中から、この二つのちょっとした文句をひろいだしてくることが、どうしてどうして、なかなかむずかしいんじゃ」

ツムジのじいさまは、いばっていった。

「つまり、先祖たちは、山の前に水をはって、沼をつくった。そこから村人たちが近よらないためにな。それだけでも、八年から十年はかかったはずだ。ところがそのあとで、きゅうにこの仕事は中止になった」

「どうして」

「わしの考えでは、思いがけないことになったからだ。コロボックルのつくった沼を見て、人間たちは、もっと大きい池につくりかえてしまった」

「それが、桜谷の用水池かね」

「そうらしい」

「ふうん。それにしても、ずいぶんくわしくわかったもんだ。いったいどうやって調べたんです」

　そこで、ツムジのじいさまは、いつかタケルがヒロシからきいた、一寸かっぱの話をした。あの池の水の神さまとして、つい先ごろまでだいじにまつられていたという、おもしろいいいつたえである。

「人間は、一寸かっぱといっている。だが、わしは、その話をきいたとき、すぐにぴいんときた。そいつはきっと、あまがえるの服を着た、わしらコロボックルにちがいないってな」

　そして、コロボックルの先祖は、なんでそんなところにいたのか、考えたのだそうだ。そうしたら、新しいコロボックル山をつくろうとしたというむかしの話を思いだした、といった。つまり、人間のいいつたえと、コロボックルのいいつたえを、ツムジのじいさまは、一つにくっつけたわけだ。

「だからわしは、ここ一月のあいだに、もう何度もその池へいって、調べてみたんじゃ。池にももぐってみたしな」

「へええ、その年で水もぐりかい」

　トギヤは、ちょっとあきれたように口をはさんだ。いくらか心配そうでもあった。どう考えたってまだ水浴びの季節には早い。

　もっとも、ツムジのじいさまも、あまがえるの服を持っている。だから、それを着

て池へはいったのだろう。あまがえるの服は、水にもぐるときにも使う。潜水服のかわりもするわけである。

「まず、池の中の水のわき口を調べた。右がわの、岸の底に近いところにある。人間が、わき口を石でかこんで、口がつまらないようにしてあった」

そのあと岸へあがって、わき水の音を、ときどき地面に耳をつけてききながら、たどってみたそうだ。すこしやぶにはいった草むらに、虫のでたあなが見つかったので、そこから地面にもぐっていったという。

「水の音が、もっとはっきりすると思ったのでな」

じいさまは、そういった。

「虫のあなは、思いがけなく、もうひとつべつの大きいほらあなにつながっていた。そして、水の音がひびいていた。そのほらあなは、たしかに、コロボックルのつくったものだ。わしらの作りかたとそっくりだし、岩をけずったあともある」
用意してあったりんをもやして、そっとおりていくと、いきなりぽかっと、地面の下を流れる〝見えない川〟の岸へでたそうだ。川といっても、コロボックルにとって、川のように大きく見える、という意味である。
「まわりは粘土をかためたようなかたい土でな、あの水の道はめったなことではつぶれまい。地面からは、三メートルほど下になる」

そこまでいうと、じいさまはトギヤにむかって指を立ててみせた。

「どうじゃ、トギヤ。わしが、あの池をうめたくないと思うのも、むりはあるまい。あの池は、人間とコロボックルが、力をあわせてできたようなもんじゃ」

4

じつをいうと、ツムジのじいさまは、その日の午後も池へいってきたばかりだった。いや、池はついでで、タケルが柿村《かきむら》鉄工所のヒロシをたずねていったのに、くっついていったのだが。

ところが、ヒロシはまだ学校から帰っていなかったので、タケルはしばらく外で待った。そのとき、ヒロシのおじいさんがタケルの横にやってきて、たばこをすいながらひと休みした。

ツムジのじいさまは、いそいでタケルの肩にのり、耳もとへささやいたのだ。

――用水池のこと、いつごろできたのかきいてみな――。

タケルは、ぴくんとしたが、それでもすぐにきりだした。

「あのう、うらの池のことだけどさ」

「おう、あの池がどうかしたかね」

ヒロシのおじいさんは、にこにこと答えてくれた。

「いつごろできたの」

「うん、ずいぶん古いものだよ。そう、百年か、いや、もっと前だな。百五十年ぐらい前だ。子どものころにきいた話だが、なんでもあの桜谷というのはかれ谷でな。つまり、水けのない谷間、という意味だ」

おじいさんは、タケルにもわかるように、やさしく話した。

「水けがないから、いいたんぼができない。夏に雨がふらないと、すぐにいねがかれちまうからな。それで、おかぼしかつくれなかった。おかぼというのは、畑でつくるいねだよ。ところが、あるときききゅうに、谷のおくのくぼ地にきれいないずみがわきだして、沼ができた」

「ああ、それならぼく知ってるよ。ヒロシさんにきいたんだ。ほたる沼っていうんだよね」

「おや、よくおぼえていたな。そのとおりだ。ほたる沼とか水仙沼とかいった。むかしの人は、そのほたる沼ができたのを見て、いまの用水池をつくったそうだ。おかげで、桜谷は、ずっと下のほうまで、りっぱなたんぼになってな。夏にいねがかれそうになると、あの用水池から水を流して助けたわけだ」

タケルにも、その話はたいへんおもしろかったのだが、近くできいていたツムジのじいさまのほうが、もっとおもしろがっていた。自分の考えたことが、ぴったりあたっていたからだ。池がなぜできたのかということも、池がいつごろできたのかということも、ツムジのじいさまの考えたとおりだった。

それで、じいさまも、なんとかあの池を、うめたくないものだと思った。はっきりタケルに賛成したわけだ。池をなくして、コロボックルのつくった水の道をふさいでしまうのは、どう考えてももったいない話だと、じいさまは思ったのである。

「なあ、トギヤ。おまえも、いつか、わしらの先祖のつくった水の道を見てくるといい。わしのもぐっていった虫のあながうまらないうちにな」

「いまなら、すぐわかるかい」

「わかる。わしが、くもの糸でしるしをつけてきた」

「うん、ぜひ見にいってこよう」

トギヤも、その気になったようだった。

「わしだけでなく、山のなかまにもいって、みんなで見にいってみたい」

「それもいいが、あまり大さわぎはしないほうがいい。なんといっても百五十年からたっている。おおぜいでおしかけて、もし水に落ちたりしたらいけない。地面の下はせまいからな。世話役には、いずれわしから知らせるつもりじゃよ」

「うん」

トギヤは、すなおにうなずいた。

「そうだな。しかし、とにかくわしは見てくるよ」

そういって、やっとこしをあげた。

「おもしろい話をきかせてくれて、ありがとう。近いうちにまたくる」

「ああ、書きつけをわすれずにな」

「もちろん、では、さよなら」

さっさと帰りじたくをして、トギヤは戸口へ向かった。じいさまはだまって手をあげただけだった。

「きれいな月夜だ。こりゃ、あしたもいい天気だね」

戸をあけたまま、トギヤはふりかえっていった。それから、音もたてないで戸をしめた。そのとき、どこからか、こうばしい若葉のかおりが流れこんできた。

ツムジのじいさまは、うーんと手をのばしてあくびをした。

「さて、そろそろねるとしようか」

さすがに、じいさまもつかれていた。こんなに長くおしゃべりしたのは、ひさしぶりのことだ。ツムジのじいさまは、トギヤがくると、どういうわけかおしゃべりになってしまった。しかし、なんとなく気持ちのいいつかれかただった。

5

それからしばらくたった日の夕がた近く、トギヤは、じいさまにたのまれた古い書きつけのつづりを持ってやってきた。それだけではない。五つになるむすこをつれてきていた。

前にきたとき、こんどいつくるのか、トギヤはじいさまになにもいいのこしていかなかった。それなのに、ツムジのじいさまはトギヤのくるのがわかっていたとみえ

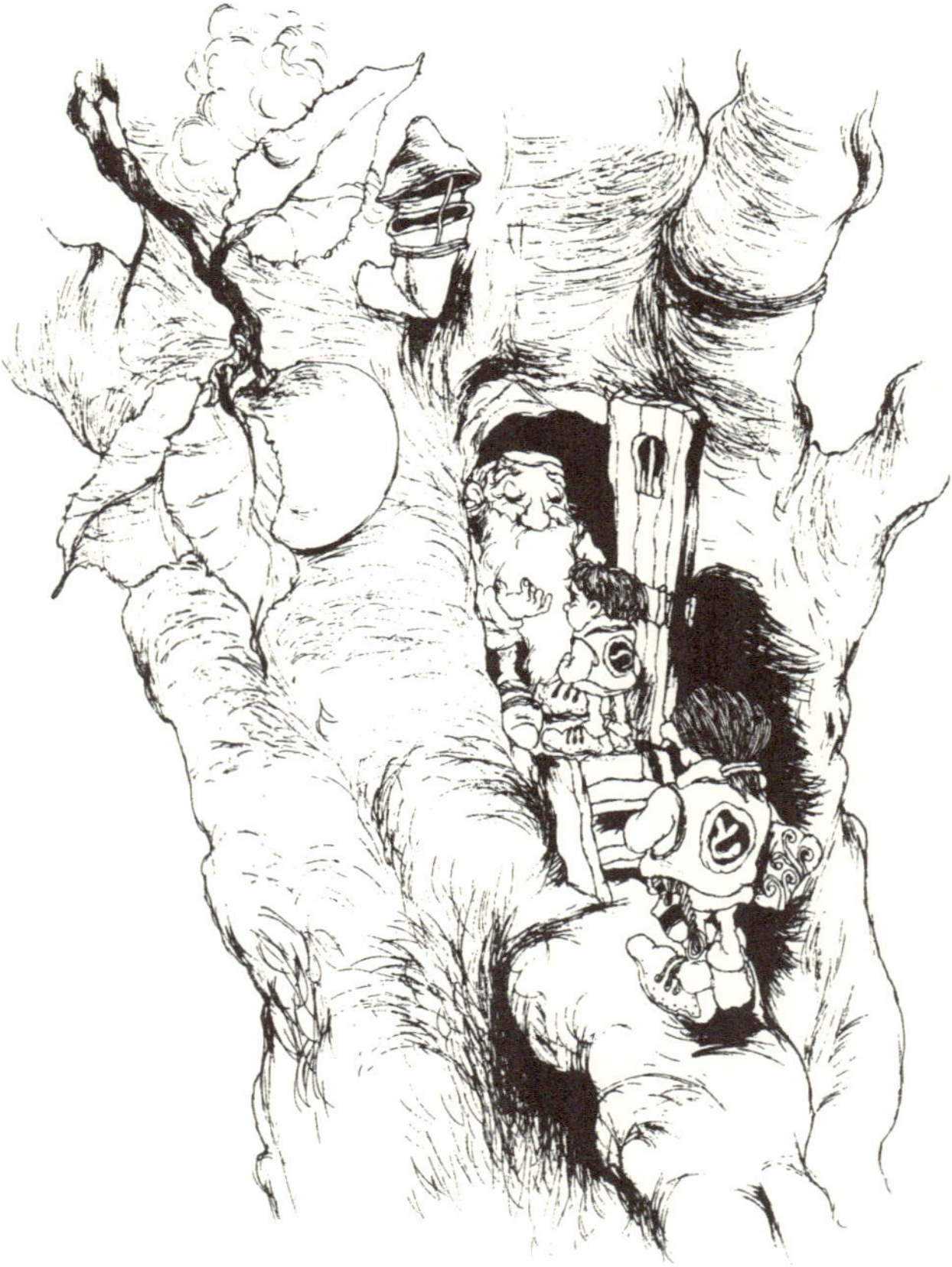

て、いつになくうめの木のほらあなの家をきれいにそうじして待っていた。

トギヤがむすこといっしょにあらわれると、だまってうなずいて、そこへすわれと、目で合図した。ゆかの上には、ふたりぶんの席が用意してあった。

「おや、さすがはじいさま。わしらのくるのを知ってたようだ」

トギヤはうれしそうにいって、むすこを前におしだした。

「ほれ、じいさま。これがわしのむすこだ。ヒノキノヒコ＝ツムジだ」

顔をあげたじいさまは、ぴくりと右のまゆをあげた。

「ツムジ、と、いったかね」

「そうだよ、じいさま」

トギヤは、ますますうれしそうににこにこした。

「こいつは、じいさまと同じよび名がついちまったんだ。なぜかというと、ちびのくせに、まるでつむじ風のように速くて身がかるい。そのうえ――」

ことばをきって、トギヤはうふっとわらった。ツムジのじいさまは、なにがおかしい、というように、こんどは左のまゆをぴくりとあげた。

「つまり、じいさまと同じだ。どうもちっとばかり、つむじまがりなところもある」

「ふむ」

じいさまは、父親の横で、じっと自分を見つめているむすこをよんだ。

「ちょっとこっちへおいで」

「こんにちは、ツムジのじいさま」

トギヤのむすこは、気おくれしたようすもなく、じいさまの前にでてきて、はきはきとあいさつした。

「ああ、よくきたな。町はよく見たか」

「見てきた。またきてみたい」

「これから、ときどきつれてきてもらえ」

「はい」

「おまえ、わしと同じよび名だそうだな」

「はい」

「そのよび名が、すきかね」

「じいさまは、すきかい」

いきなりききかえされて、ツムジのじいさまは、目を細くした。そしてなにかいいかけたが、ふっと口をつぐんで、トギヤのむすこの顔をのぞきこんだ。

「はて、もっとよく顔を見せてくれないかね。トギヤ、戸口を大きくあけてくれ」

もう夕がただったので、部屋の中はそれほど明るくなかった。それでじいさまは、戸をいっぱいにあけるようにたのんだのだ。トギヤは気軽に立っていって、戸をあけながらいった。

「ほれ、じいさま。こいつの人相を、よく見てくれろ」

「おまえは――どこかで見たような顔をしているな」

ツムジの坊やのかわいいあごを持って光のほうへ向けながら、ふしぎそうにじいさまはいった。ツムジの坊やのほうは、まぶしいのか、額にたてじわをよせた。

「なんじゃ、あの子にそっくりじゃ」

「あの子って？」

トギヤが、けげんそうにききかえした。だが、じいさまはトギヤには答えず、目を大きくあけて、ぶつぶつとひとりごとをいった。

「口もとも、天井向いた鼻も、ちょっぴりやぶにらみの目まで……、額のたてじわも……まったく、ふしぎなことがあるもんじゃな。よくもまあ、似たもんじゃ。……そのくせ、目だけ見れば、おやじのトギヤによく似ているし……」

「だからよ」

トギヤは、もどってきていった。

「だれにそっくりなのか教えてくれてもいいだろう」

「わしの相棒の、タケルという人間の子にきまっとる」

「ふうん」

トギヤも、びっくりしていった。

「その、あれかね。わしらがどんなに速く走っても、ちゃんと見てしまうという……」

「そうじゃ。こりゃおもしろい。うん、トギヤよ。おまえのむすこは、たいしたものになるぞ。ツムジという、わしと同じよび名がついているのもむりはない。うん、いまにりっぱな役に立つコロボックルになるじゃろう」

「そうかそうか」

トギヤは、うれしそうだった。子どもをほめられてうれしくない親はいない。コロボックルだって同じだ。

「ねえ、ツムジのじいさま」

それまでだまっていたツムジの坊やが、ふいに口をとがらせた。

「ぼくは、人間の男の子にそっくりなの」

「そうじゃ。じつによく似ているよ」

「その子は、ぼくより年上なの」

「いや、あの子は五つじゃ。おまえも五つ。同い年、というのがまたふしぎじゃ」

「それなら、ぼくがその子に似ているのか、その子がぼくに似ているのか、わからないじゃないか」

じいさまは、にこにこした。小さな子が、みょうなりくつをこねるのが、おもしろかったのだ。

「どっちがどっちに似たのでも、わしはかまわんよ。とにかくよく似とるんじゃ。まあこっちへきてやすみなさい。腹はへってないかね」

「うん、へった」

「それなら、こいつを食べて」

じいさまは、用意してあった食べ物と飲み物を指さした。

「食べたら、あっちでひとねむりしなさい。山へ帰るときは、起こしてやろう」

6

それからまたしばらくたった。

梅雨《つゆ》にはいったとみえて、雨のふる日が何日もつづいていた。

そのころの日曜日のこと――。

朝から、しとしとこまかい雨がふっていた。やみそうで、なかなかやまない雨だった。タケルは、雨がやんだら外へいこうと考えていたようだったが、とうとう待ちきれなくなったとみえる。

長ぐつをはいて、黄色いかさをさして、ひとりで家をでた。ヒロシの家――山の谷間にある柿村鉄工所――へ、おかあさんにことわって遊びにいったのだ。

ツムジのじいさまはちょうどタケルの家にやってきたところで、タケルがでていくのを見た。それで、もちろんタケルのあとについていった。そんなこともあるだろうと思ったじいさまは、みのむしの皮でつくったコロボックル用の雨がっぱを用意していた。

桜谷へくると、たんぼはもうどこにも見えない。すっかりうめられてしまっていた。雨と日曜日がかさなったためか、工事はやすんでいた。どろんこの中に大きなブルドーザーが三台、ほうりだしたようにおいてあった。

タケルは、あたりをながめながらゆっくりと歩いた。向かいの山はまるぼうずで、もとの半分ほどの高さしかない。谷のおくの用水池のすぐ近くまで、ブルドーザーが土をけずりとったとみえて、池の土手の下に新しいがけができていた。

「あれ、あそこから、池にのぼる道はどうなっちゃったんだろ」

タケルは、ひとりごとをいった。池の土手をのぼって、雑木林のトンネルをくぐっていくすてきな道があったはずだ。ヒロシの家にいくわき道を左にまがりかけて、タケルはまたもどってきた。池の土手の下までいってみる気になったらしい。たしかに、土手の下はブルドーザーでざっくりけずりとってあって、二メートルほどのがけになっていた。

「あーあ、やっぱりだめになっちゃった」

タケルは、がっかりしたようにつぶやいた。

ツムジのじいさまは、そのとき、ちょっとだけ池をのぞいてこようと考えた。そこ

で、タケルからはなれて雑木林にとびこみ、やまざくらの木にかけのぼった。そのままえだの先へ走っていって、用水池を見た。ここは、まだすこしもかわっていないようだった。

じいさまの目の前のやまざくらの若葉に、水玉がさがっていた。水玉を見るとのぞきこむくせがついているじいさまは、ぎょっとした。

水玉の中では、どこからどうやってのぼったのか、がけのふちにタケルが立っていて、じいさまがのぞきこんだとき雨でゆるんだがけが、タケルといっしょに音もなくくずれおちたのだ。

「あぶない！」

じいさまは、さっとふりかえった。目の下にはどろどろの土の広場がひろがり、右手の道にタケルの黄色いかさがほうりだしてあった。そしてタケルは、やぶをまわって、がけの上にいこうとしているところだった。

タケルは、まだがけの上にいるわけではない。じいさまは、これから起こるかもしれないことを、水玉の中に見たのである。考えるひまもなく、じいさまは、えだの上からタケルの肩をめがけてとびおりた。そこまで、十メートル以上はあっただろう。もともと、コロボックルたちは、とびおりるだけならかなり高くても苦にしない。

足の力が強いうえに、下につくときからだに風をうけてブレーキをかけるようにするからである。

ツムジのじいさまだって、もっとわかいころなら、いや、三年前だったらわけなくやってのけただろう。ところが、大いそぎでからだをそらせて空中にとびだしたとき、ほんのわずか、ふみきりの力がたりなかったのだ。

ツムジのじいさまは、ねらったタケルの肩にはおりられずに、背中にあたった。しかし、タケルの耳もとをかすめたとき、せいいっぱい大声でさけんだ。

「のぼるな！」

タケルはふりかえった。ほんのしばらくのあいだそのままじっとしていたが、やがて、のぼりかけていたやぶを、うしろ向きのままゆっくりとおりて、道までもどったのだ。

タケルが道に立って、おいてあった黄色いかさをひろいあげようとしたとき、ザザーンという腹にこたえるような音がした。びっくりしているタケルの目の前で、がけが五メートルほどゆっくりとくずれたのだ。

「あ、あ、あ」

タケルは、小さなさけび声をあげた。自分が、いまくずれたがけの上にのぼろうとしていたのだと思うと、さすがにぞっとしたのだ。もし、あのままやめていなければ、いまごろは土といっしょにころがりおちていたかもしれない。

「ああ、よかった！」

ほっと息をついて、足もとをきょろきょろとさがした。ツムジのじいさまに、お礼をいおうとしたのである。

7

「ツムジイ、ツムジイ」

声にだして、タケルはよんだ。

「ねえ、どこにいるの。でてきておくれよ。ぼく、びっくりしたよ」

それでも、ツムジイのすがたは見えなかった。タケルの目でも見えないのだから、タケルとしてはもうさがしようがない。こんなことは、これまでもときどきあった。ツムジのじいさまは、タケルをおいて、さっさと先にいってしまうことがよくあった。

そこでタケルは、とめてくれてありがとう、と小声でお礼をいった。それから、もう用水池にいくのはやめにして、ヒロシの家へいってしまった。

そのあとしばらくたって、道までツムジのじいさまがでてきた。

「うーん。こりゃ、えらいことになったわい」

じいさまは、よろよろとよろけて、草につかまった。しきりにこしをなでていた。どうやら、地面におりたとき、こしをいためたようだった。

草からはなれて二、三歩あるいたが、またすぐとまってしまった。

「まてまて、あわててはいかん。こういうときは、まずおちつくことじゃ」

自分に自分でいいきかせて、ゆっくりとやぶにもどった。雨にぬれていないかわいたかれ葉の上に、そっとこしをおろしてあぐらをかいた。

「こうしているぶんには、たいしていたくない。だが、わしも年をとったな。あれっぱかりのところをとびおりそこなうなんて」

そんなことをつぶやきながら、帯につけていた刀をぬいて、目の前の細い竹を一本きりとった。じいさまは、その竹で手早くつえをつくった。

「まあ、しばらくやすめば、いたみもなくなるじゃろう」

ひげをしごきながら、のんびりとつぶやいた。ひげは、しっとりとぬれていた。見たところ、じいさまはたいへんのんきそうにしていたのだが、ほんとうはすこしも油断していなかった。

走れなくなったコロボックルは、まず、空のもずに注意しなくてはいけない。のらねこやのらいぬもこわい敵になる。人間に見つかるのももちろんいけない。ただし、虫たちは、どういうわけかコロボックルには近よらないので、心配することはない。

じっとしていればたいていだいじょうぶだが、じいさまがこれから公園のうめの木までもどるとすれば、動かないわけにはいかない。

元気なときのじいさまなら、三分たらずで帰りつくはずだ。けれども、とことこ歩いていくとすれば、一時間半はかかってしまうだろう。

さっき、タケルがよんだとき、じいさまは、よほどでていってつれて帰ってもらおうかと思った。しかし、タケルは、ツムジのじいさまを神さまみたいに思っているのである。

「いやはや、その神さまみたいなわしが、ぎっくりごしではなんともかっこうがつかんものな」

じいさまは、そんなひとりごとをいって、くすくすわらった。

「さあて。とにかく、すこしずつでもいってみるとしようかい」

つくったばかりのつえをついて、よいしょっと立ちあがった。

「いたたた」

まだいたんだが、つえを使うと、だいぶらくだった。なんとかするするっと走りだした。

しばらくは、かなりのスピードだったが、やがてゆっくりになった。しまいにはこしをまげて、苦しそうに歩きはじめた。

桜谷の道から、ほそいのぼり坂のわき道にはいると、ところどころに段がある。いつもならわけなくとびあがれるところも、顔をしかめて息をのみながらのぼった。

とうとう、じいさまは、道のわきのしだのしげみの下にもぐりこんで、またひと休みした。

ほっとため息をついて、そでで顔をふいたとき、じいさまは、いきなりさっと立ちあがった。いや、立とうとして、ビー玉のようにころがった。

「う、うーむ」

そんなうなり声をあげたくらいだから、ずいぶんいたかったにちがいない。それでも、こしをまげたまま、まるで四つんばいのようなすがたで、しかも、人間の目には見えないくらいの速さで、横に一メートルほどすっとんだ。

そのうしろで、まっ黒なのらねこが、しだのしげみにおそいかかっていくのが見えた。もちろんそののらねこは、しだのしげみの下にいた、じいさまをねらっていたのにちがいない。

ツムジのじいさまは、苦しそうにこしをかがめたまま、どうやらねこのつめの下をくぐりぬけた。そして、なりふりかまわず、しばらくはそのまま走りつづけていった。

さいわい、それからあとは、もうねこにもいぬにも人間にも会わなかった。じいさまは、からだじゅうあぶらあせを流しながら、町の小さな公園にはいり、住みなれたうめの木の下へたどりついた。

そこからうめの木のほらあなまで、ほんとうにじいさまは手だけを使ってよじのぼった。そのときは、日ぐれが近くなっていた。

8

ほらあなの部屋にはいって、ぬれた着物をとりかえて、寝台にもぐりこんだじいさまは、思わずほっと大きなため息をついた。こうしてじっとしていると、いたみはだんだんやわらいでいった。

「やれやれ、わしとしたことが、いったいどうしたことじゃ」

こしがいたくて走れないなんて、すばしこいことでは、めったにまけたことのなかったじいさまとすれば、生まれてはじめてである。これでは当分、コロボックル山へも帰れないだろう。

「しかしまあ、しばらくすればなおるじゃろ」

こしをさすりながら、じいさまはぶつぶついっていた。

と、ふいに戸口があいて、コロボックルがひとりはいってきた。道具ぶくろをかついだトギヤだ。

「るすかね」

トギヤは、まるで自分の家のようにえんりょなくどんどんはいってきた。きょうは、この家の修理をするつもりでやってきたのだ。じいさまがいてもいなくても、トギヤは平気だ。むしろいないほうが、がみがみ文句をいわれないですむから、仕事はしやすい。

ところが、じいさまは、寝台で横になっていた。

「おや、いたんですか。めずらしいことがあるもんだね。明るいうちからじいさまがねているなんて……。まさか病気じゃないでしょうね」

おしまいのほうは、きゅうに心配そうな声になった。トギヤは、大工道具をほうりだすと、大いそぎで寝台に近よった。

「なあに、病気なんかじゃない。ちょっとこしがいたむんで、やすんでいただけじゃ。どうせ外は雨だしな」

ツムジのじいさまは、わざと元気よく答えた。

「ふうん、そいつはいけないね」

寝台の横にきたトギヤは、じいさまをのぞきこんだ。

「どれ、どのへんがいたむ」

「いいから、ほうっておいてくれ。それよりきょうはなんの用だ」

「べつにたいした用があるわけじゃない」

そういいながら、じいさまを横に向かせて、こしをさすった。

「ここかね、このあたりかね」

さわられるとひどくいたむものだから、じいさまはトギヤの手をおさえた。

「もういい」

「よし」

トギヤはうなずいた。

「わしは、ひとっ走り山へもどって医者をつれてこよう」

「よけいなことはせんでいい」

じいさまはがんこにいいはったが、もうトギヤは相手にしてはいなかった。さっと戸口からとびだしていってしまった。

コロボックルのなかまには、むかしから医者がいる。薬草のえらびかた、薬のつくりかた、病気やけがの手当てのしかたなど、人間とくらべてもまけないほどすぐれた独特の医術がつたわっている。

あたりが、ようやくうす暗くなったころ、ひさしぶりに雨があがって、まっ赤な夕焼けになった。

その夕焼けの中を、トギヤは、医者のカエデノヒコをつれてもどってきた。このコロボックルは医者の中でいちばん年がわかく、よび名をハカセという。そのハカセのほかにもうひとり、コロボックルがついてきていた。トギヤのむすこのツムジの坊やだった。

「こいつがね、どうしてもじいさまの見舞いにいくといって、きかないんでな、つれてきた。ここまで、どうやらわしらといっしょに走ってきた」

トギヤは、ツムジの坊やをおしだした。ツムジの坊やは、にこりともしないでじいさまの頭のほうにすりよった。

「じいさま、まだいたむか」

「よくきたな、ぼうず。なあに、わしはたいしたことはないといっとるのに、おまえのおやじは気が早くていかん」

「だけどさ、じいさまはつむじまがりでがんこだから、いたくてもいたくないっていうかもしれないじゃないか」

「そんな、はっはっは、いたたた」

ツムジのじいさまは、いたがりながらわらった。

「おまえのそのしゃべりかたまで、タケル坊にそっくりじゃ。つまり、タケル坊がおまえにそっくり、といってもいいわけじゃ。うん、ふしぎなことがあるもんじゃな」

そのとき、医者のカエデノヒコ＝ハカセが、ツムジの坊やの肩をたたいた。

「さ、そこをどいてくれ。じいさまの手当てをするから」

カエデノヒコは、なれた手つきでじいさまのこしに練り薬をつけ、あとをぐるぐる

と包帯でまいた。
すっかりすむと、じいさまはらくになったとみえて、いつのまにかねむってしまった。むりもない。先ほどの、桜谷からここまでの苦労でひどくつかれていたのだ。
トギヤと医者はひそひそと相談して、しばらくのあいだここへじいさまをおいておくことにきめた。そのかわり、トギヤが毎日見舞いにくることもきめた。

9

さいわいなことに、ツムジのじいさまは、すこしずつ元気になっていった。こしのいたみもだんだんとれて、長い時間でなければ走ることもできるようになった。

しかし、コロボックル山の世話役は、ツムジのじいさまに山のどびんの家へもどるようにいいつけた。そのことを、世話役は、わざわざ町のうめの木までできて、自分でじいさまにつたえたのだ。

「まだ、こっちでくらしたいかね」

世話役は、まずそうきりだした。じいさまは大きくうなずいてから答えた。

「くらしたいと思うよ。わしは、タケル坊のそばをはなれたくないのでね。だが、いまのからだでは、これまでのようにあの子の近くにいるわけにもいくまい」

「そうだね。いちど山へ帰って、ゆっくりしたほうがいい」

「わかっとるよ、ヒイラギノヒコ」

じいさまとしては、わりあいすなおにうなずいた。

「わしも、あとのことは、タケル坊の新しいトモダチにゆずりたいと思う」

「それがいい。じいさまも、はじめからいっていたことだ。わしは年よりだから、いつまでもあの子のトモダチになっているわけにはいかんってね」

「そのとおりじゃ。タケルは、なんといっても百万人にひとりいるかどうかという、めずらしい人間であるし、このへんでわしのような年よりはひっこむのがよい」

「で、じいさまには、あとをゆずりたいという、コロボックルがいるかね」

「いる」

また大きくうなずいて、ツムジのじいさまはにっこりした。世話役はひざをのりだした。

「その、運のいいコロボックルはだれだ」

「ヒノキノヒコ＝トギヤのむすこ、ヒノキノヒコ＝ツムジがいい」

「ツムジ？　しかし、ヒノキノヒコのむすこは、まだ、たしか五つになったばかりではないか」

世話役は、首をかしげた。

「これから、コロボックルの学校へもいかなくちゃならんし、五つではむりだろう」

じいさまは、首を横にふった。

「いや、いそぐことはないんだ。タケルには、わしからよく教えこんでおく。三年あとか、五年あとに、ほんとうのトモダチが、わしのかわりにあらわれるだろうと、いいきかせておくつもりじゃ」

世話役は、だまってきいていた。

「あの、トギヤのむすことわしは同じツムジという名で、とても縁がふかい。だが、それだけではない」

「なにか、特別な理由があるんだろうね」

「あるとも。おまえさんも、ツムジ坊とタケルの両方に会ってみればわかるよ。きっとびっくりする。タケルとツムジ坊は、あきれるほどよく似ているんじゃ。人間とコロボックルとのちがいはあるとしても、これはまったくふつうではない。いや、顔ばかりではないぞ」

じいさまは目を細めた。なんだか楽しそうな口ぶりだった。

「ツムジ坊は、春ごろからもう何度もここへ遊びにきているんだが、じつにどうもよく似ている。話しかたも性格もそっくりじゃ。どこをさがしたって、こんなふさわしい組み合わせは、まずあるまいよ」

そして最後に、じいさまはこうつけくわえた。

「だから、タケルのトモダチにツムジ坊をえらんだのは、わしではない。スクナヒコさまだと、わしは本気で考えている」

きいていた世話役は、ほっと息をついていった。

「よろしい。ツムジのじいさまがそれだけいうのなら、まちがいない。じいさまのいうとおりにしよう。いずれ、じいさまにはいろいろとしこんでもらうことになるが、よろしくたのむ」

「いいとも」

じいさまも、ほっとしたように答えた。

「わしも、ひさしぶりで山へ帰るとしようか。世話役にいろいろ話したいこともあるしな」

「ああ」

世話役は、にっこりした。

「うすうすはきいているよ。じいさまは、わしらの先祖ののこした池を、見つけたとかいうじゃないか」

「おや、もう知っていたかね。うん、そのことじゃ。どうかね、くわしい話をききたいかな」

「ききたいとも」

「よしよし。いずれ、きちんと書き物にしてとどけるつもりじゃが、まあ、ちょっときけ」

ツムジのじいさまは、ゆっくりと桜谷の用水池の話をはじめた。

第四章　かわいそうな池

1

桜谷の、ずっと南よりにある柏小学校の門から、ぞろぞろと生徒たちがでてきた。

男の子がふたりならんでしゃべりながら、桜谷へ向かう道を歩いていった。ひとりは、見るからにはしっこそうな子、もうひとりは、色の白いおとなしそうな太った子だ。

やがて、道は二つにわかれる。ふたりはそこで立ちどまった。はしっこそうな男の子が、太った子に向かっていった。

「なあ、ヤッちゃん。あとでヒロシさんのところへ、遊びにいかないか」

「いいよ、いくときぼくのうちへよって、よんでくれるかい」

「ああ、そうするよ」

はしっこそうな子は、じゃあまたあとで、と、片手をあげて、左の道をかけていった。その背中でおどっているランドセルも、だいぶ古くなっている。

この子がタケルだ。つまり、あれからまた、三年とすこしたっているのである。タケルはもう三年生だった。

そしていまは二学期。もうじき学校では秋の運動会がある。

この三年のあいだに、ずいぶんいろいろなことがあった。たとえば、桜谷のたんぼのうめたて工事がおわると、たちまち家が建ちならび、すっかり町になってしまった。いま、タケルとわかれていった太った男の子も、その新しい町にひっこしてきた子だ。

タケルは、いつかツムジのじいさまが思ったとおり、たいへんなわんぱく小僧になっていた。けんかではめったにまけたことがなく、いまでは年上の子もタケルのことをよく知っていて、いじめるものはない。

学校では算数が得意で、みんなから〝数学博士〟というあだ名をもらっていた。ほかに、絵と音楽がわりあいじょうずだ。社会科は大きらいで、国語と理科はよくもわるくもない。

おもしろいのは体育で、タケルは体育の時間になるととても気まぐれになる。とび箱や、鉄棒や、ボール競技などをやらせるとだれよりもうまいくせに、ならんで体操をするのがきらいだった。そんなときは、わざとみんなよりすこしずつおくらせて、からだを動かす。タケルひとりのために全体がばらばらに見えるので、先生からよくこごとをくった。

「フジノくん、しっかり！」

先生は、まだわかい女の先生だったが、ときどき男みたいな口をきく。

「ほら、きみだけおくれるぞ」

タケルは大いそぎで手足を動かして、こんどはみんなよりすこしずつ早くする。そんなことを、何度かくりかえしているうちに、たいてい終わりになってしまう。

どちらかというと、タケルはクラスの人気者だった。委員の選挙でも、草花委員（花だんの手入れの係）とか、黒板委員（黒板のチョークをけす係）などのへんな委員によくえらばれた。三年二学期のいまも、窓あけ委員である。これは、教室の空気をいれかえるために、窓をあけたりしめたりする係だ。

「おい、タケダくん、窓をあけろ！」

タケルは、雨の日など、時間中にいきなり立ちあがって、命令したりする。

そんなタケルを見たら、三年のあいだにずいぶんかわったなあと思うかもしれない。だが、タケルのかわったのはそんなところだけではなかった。

ついこのあいだ、おとうさんが、タケルにこんなことをきいた。

「そういえば、タケルは、このごろツムジイの話をしなくなったな。小さいおじいさんは、もうおまえのまわりにでてこなくなったのかね」

タケルは、そのとき、事務所のおとうさんのつくえの上で、プラモデルを組み立てていた。カーテンのおくで図面をかいていたおとうさんは、たばこを持って事務所の長いすへ休みにきたところだった。

「こられないらしいよ、ツムジイは」

「ほう、そいつはまた、どういうわけかね」

「うん」

タケルはふりむきもしないで、めんどくさそうに答えた。

「ツムジイは年よりだからね。もうこられないんだよ。そのうちにかわりのだれかがくるってさ」

「その、かわりのだれかっていうのは、やっぱり神さまみたいな、小さい人かね」

タケルは、おとうさんが自分のことをからかっているのかどうかたしかめるように、ちらりとうしろを向いた。おとうさんは、もちろんからかってなんかいなかった。いつもとかわらない口ぶりで、まじめに話していた。それでタケルは、からだをひねったままゆっくりと答えた。

「そうだよ。ツムジイは、ずっと前にそういいのこしていったんだから」

くるんとまたつくえに向きなおって、タケルはプラモデルの組み立てにもどった。

そこでは小さな飛行機ができかかっている。それから、タケルはふふっとわらうと、
こんなことをつけくわえたのだ。

「でも、それは、ただぼくがそう思ってるだけかもしれないよ」

するとおとうさんは、なぜかほっとしたような目つきになった。

――すこしはおとなになったとみえるな――。

おとうさんの目は、そんな目だった。

2

そのときタケルは、おとうさんにくわしいことをなにもいわなかったのだ。小さな人は自分にしか見えないこともわかっていたし、そのことをむきになっていいはると、おとなも子どももへんな顔をするか、わらうかすることも、よく知っていた。

——これは、ぼくだけのひみつにしておかなければいけないんだろう。たとえ、おとうさんにでも、できるだけいわないほうがいいんだな——。

タケルは、いつのまにかそう思うようになっていた。だからそのときも、おとうさんによけいな心配をかけないように、くわしいことは話さないでおいたのである。こんなふうに気をくばるようになったことから考えて、タケルがすこしはおとなになった、というのはたしかだろう。

ほんとうのことをいうと、タケルは、たった一度だけだったが、ツムジイではないべつの小さい人と出会ったことがあった。

二月《ふたつき》ほど前の夏休みの終わりごろのことだった。そのとき、タケルはたったひとり、公園の鉄棒で「足かけおり」の練習をしていた。まげた両ひざを鉄棒にひっかけて、さかさまにぶらさがってから、からだを大きくふる。地面が目の下にいちばん遠く見えたとき、背中をそらせて、鉄棒にひっかけていた両足を思いきってはずすのだ。そして、ひょいと地面に立つ。それが「足かけおり」である。

タケルは、鉄棒にぶらさがったまま、頭の上の、いや頭の下の地面を上目づかいに見た。地面まで、三十センチぐらいしかはなれていなかった。

ズボンからシャツがはみだして、さかさまにたれさがり、おへそも背中もすっかりのぞいていた。なにしろ夏のことだったから、シャツを一まいしか着ていなかった。

さて、はずみをつけて大きくからだをゆすろうとしたとき、ちらちらと小さな人のすがたが目にはいった。

――あっ、ツムジイ――。

もう、長いことツムジイに会っていなかったタケルは、とっさにそう思った。しかし、ツムジイのあのじまんの白く長いひげは、見えなかった。

タケルは、もうすこしで鉄棒から落ちるところだった。あわてて手を地面にのばして、パタンと足をはずした。そのタケルの手のあいだに、ひとりの小さな男の子がいて、タケルに向かって手をふったのだ。

タケルは、土の上にひざをついてすわりこんだまま、口をぽかんとあけてじっと見つめ、それから、ぐっと目を近づけた。

――おや、このちびすけ、どこかで見たような顔をしているなあ――。

そう思った。なんだか、むかしからとてもよく知っている顔だと思ったのである。

小さな男の子は、にやっとわらった。それから自分の鼻の頭を指さすと、からだを折るようにして、力いっぱいさけんだのだ。

「ト、モ、ダ、チ」

そうきこえた。そして、あっというまに小さな男の子は、公園のすみの草むらに向かって、すばらしい速さで消えていってしまった。

が、タケルには見えていた。まるで、百メートル競走のスタートのように、タケルはかがみこんでいた姿勢から、土をけってとびだした。

草むらへかけよってむちゅうで草をかきわけてみたのだが、ばったが二、三びきあわててにげていっただけで、もう男の子はすがたを見せなかった。

せみの鳴く暑い日ざしの中で、タケルはほうっとため息をついた。

——あいつ、たしか、トモダチ、っていったな——。

ツムジイが、いつか新しいほんとうのトモダチがくるはずだ、といっていたのを思いだして、ひとりでうなずいた。

——あいつがきっと、そのほんとうのトモダチにちがいない——。

のろのろと日かげのほうに歩いていきながら、タケルはつぶやいた。

「だけど……、あいつ、なんであんなにあわててにげていったんだろうな」

ツムジイとはちがって、自分と同じくらいな男の子だったのが、タケルには思いが

けなかった。それで、もうすこし話をしてみたかったのだ。

「まあいいや。あいつ、なれないんで用心しているんだろう。こんどでてきたときに話をすればいい」

なんといっても、赤んぼのころからツムジイと話をしてきたタケルである。いつまでもおどろいてはいなかった。のんきに、そんなことを思っただけだった。

ところが――。

新しい小さなトモダチは、それっきりで、そのあとはあらわれなかった。夏休みがおわって二学期がはじまって、タケルが名誉ある窓あけ委員に任命されて、運動会の練習がはじまっても、小さい新しいトモダチはでてこなかったのだ。

ある朝、顔をあらっているとき、タケルは、ふっとへんなことに気がついた。鏡の中の自分の顔を見ていたら、あのときの小さな男の子の顔を思いだしたのだ。

「あっ！」

思わず、タケルは大きな声をあげた。それから、ひとりでわらってしまった。

「はっはっは、へっへっへ」

台所にいたおかあさんが、びっくりしてふりむいた。

「おやおや、タケルちゃん、けさはごきげんね」

「うん」

タケルはいそいで口をひきしめたが、にやにやわらいは、なかなかとまらなかった。むりもない。鏡にうつった自分の顔は、一度だけ会った小さなトモダチの顔とまるでそっくりだったのだから。

——ぼくったら、よく知ってる顔みたいだなあなんてさ。自分の顔のこと、そう思ったんだからな。てへっ、こいつはおかしいや——。

それからというもの、タケルは毎朝顔をあらうたびに、おかしくなった。そして、早くあのちびすけ、でてこないかなあ、と心待ちするようになった。

3

小さいトモダチが、なかなかでてこないうちに、タケルにはべつの新しい友だちができた。こちらはもちろん人間の男の子だ。

二学期になったとき、よそからひっこしてきた子で、ヤスオといった。この子が、さきほどわかれ道でタケルと話していたヤッちゃんである。

ヤスオの家は、桜谷にできた新しい桜谷町にあった。

桜谷町は、三年前にたんぼをうめたあと、たちまち生まれた町だ。ほんとうに、ここはあっというまに町になってしまった。タケルは、ヤスオの家に遊びにいくたびに、いつもそう思う。

アスファルトの広い道が、向かいの丘の上までたて横に走っていて、真新しいしゃれた小さな家がきちんとならんでいる。その中にはたばこ屋や酒屋や、美容院などもまじっていた。

ヤスオの家は、丘のまん中あたりにあった。つい三年前までそこが雑木林で、目の下にはたんぼがあったなどとは考えられないような風景だった。

タケルのおとうさんとヤスオのおとうさんは、古い友だちどうしで、ここに家を建てることになったヤスオのおとうさんは、タケルのおとうさんのフジノ建築士に設計をたのんだ。それで、タケルとヤスオは、まだヤスオが転校してこない前からなかよしになっていたわけである。

ヤスオは、太っているためか、野球もドッジボールもへたくそだったが、おっとりしていて、のんきぼうずで、そのくせたいへんによく勉強のできる子だった。

そんなヤスオと、どちらかというと気が強くて、はしっこくて、いくらか乱暴なところもあるタケルとは、みょうに気があってすぐなかよしになった。

桜谷町からは柿村鉄工所のヒロシの家に近いので、タケルは、これまでもなんどかヤスオをさそって、いっしょにヒロシの家へ遊びにいっている。だから、さっきもタケルはヤスオをさそったわけだ。

ヒロシは、もう中学生になっていた。そのくせタケルやヤスオがくると、喜んで相手になってくれる。

別棟《べつむね》になっている倉庫の二階（といっても屋根うらのようなところ）にヒロシの部屋があった。中学生になったとき、もらった部屋である。

ヒロシは、自分がタケルぐらいのころに遊んだ、古いおもちゃをいっぱい持っていた。はげちょろけのミニカーや、手のとれたロボットや、こわれた水でっぽうや、ばらばらにしたモーターなどが、それこそ山のようにある。

それを一つもすてないで、だいじにとってあるのだが、タケルたちがいくと、ヒロシはなんでもみんなかしてくれた。

「おれは、四人兄弟の末っ子だろ。だから兄貴たちからの順送りにおさがりになってきてよ、いつのまにかこんなにたまっちまったんだ。おれの下にはだれもいねえから、おまえたちにかしてやるよ」

そういって、大きな段ボールの箱ごとあずけてくれる。

ヒロシの部屋には、東向きの窓が一つだけついていたが、その窓の前に、大きなガラスの水そうがおいてあった。はば三十センチ、横九十センチ、深さは五十センチぐらいあるだろう。金のわくでしめつけたずいぶん大きなものだ。

その大きな水そうに、ヒロシは小さなくちぼそを十ぴきほど飼っていた。水草や、藻《も》も植えられていて、底には砂と小石がしきつめられていた。

タケルは、ヒロシの部屋にはいると、まずその水そうをのぞくことにしていた。なぜかというと、この水そうは、桜谷用水池の一部分だからだ。きれいで静かだった三年前の用水池の。

タケルがまだ一年生になったばかりのころ、ヒロシは、その大きすぎるような水そうを自分の部屋にそなえつけた。

もともとは、熱帯魚を飼うためのものだろうが、駅前の店にはこんな大きなのがなくて、ヒロシはにいさんの運転する自動車にのせてもらい、わざわざ遠くの大きな町のデパートまででかけて買ってきたものだ。ヒロシは、それまで何年もかかってためたお金を、みんなこのガラスの水そうにつぎこんでしまったという。

その水そうに、ヒロシは、桜谷用水池でとったくちぼそを、十ぴきほどいれただけだった。それがタケルはとてもふしぎだったので、こんなことをきいてみたことがあった。

「くちぼそなんか飼うなら、こんなすごいもの買わなくたって、庭に池をつくればいいじゃないか」

するとヒロシは、すぐさま、ばかいえ、と、いばって答えてから、つくえの上に小さな顕微鏡をとりだした。この顕微鏡はヒロシの宝物で、めったにさわらせてくれないものである。

「おれはな、くちぼそやだぼはぜを飼うために、このでっかい水そうを買ったんじゃない。さあ、おまえにいいもの見せてやる」

タケルは、そのときのことをいまでもよくおぼえている。

4

ヒロシは、顕微鏡の下のガラス板に水そうの水をちょっぴりつけると、なれた手つきでピントをあわせてから、タケルにものぞかせてくれた。

タケルは、びっくりした。顕微鏡のレンズの中には、きみょうな形をした生き物がいくつも動いていた。おまけに、光のかげんで、その生き物が赤や青やピンクにかがやいてみえるのだ。

「なに、これ」

タケルがのぞきこんだまままたずねると、ヒロシは得意そうに教えてくれた。

「みじんこさ。もっと小さいのはプランクトンだ」

「ふうん、めずらしいんだね」

「ところが、めずらしくなんかないんだ。どこの水にも、たいていみじんこやプランクトンはいるよ。ただ小さいから見えないだけだ」

ヒロシは、まじめな口ぶりだった。

「なあ、タケルちゃん、このガラスの中の水はね、ちゃんと生きているんだ」

「水が生きてるって、どういうことさ」

タケルは、めんくらってそういった。

「つまり、みじんこたちは、水の中に落ちたこまかいごみや、藻のきれっぱしなんかを食べてふえていく。そうすると、そのみじんこを食べて、くちぼそが生きる。みじんこの死んだのやくちぼそのふんは、水草や藻のこやしになる。だから、水草なんかもずっと生きていける」

タケルが、だまってヒロシの顔を見つめていると、ヒロシはゆっくりとつづけてくれた。

「水草や藻は、植物だ。だから、日にあたると水の中の炭酸ガスをすって、きれいな酸素をはきだす。その酸素を、みじんこやくちぼそがすって、炭酸ガスをはきだす……」

ヒロシは、両手をむねの前でぐるぐるとまわしてみせた。

「な、この水の中でいのちがまわっているんだ。ちょうどいい数だけみじんこがふえて、ちょうどいい数だけくちぼそが育って、ちょうどいいだけの水草や藻があって、うまくつりあいがとれているんだよ。だからこうして、いつまでたっても、水はきれいにすんでいる」

タケルは、こっくりとうなずいた。そこのところは、とてもよくわかったからだ。

「海や湖や川やきれいな池なんかは、このガラスの中の水と同じで、いのちがうまくまわっているんだ。それがほんとなんだ。ところが、人間が薬をまいたり、ごみをぶちこんだり、やたらにさかなをとりすぎたりすると、つりあいがぶっこわれる」

ため息まじりに、ヒロシはいった。

「そうなるとな、もういのちはうまくまわらなくなるんだ。どこかでとまってしまう。水が死ぬのさ。水が死ねばいのちも死ななくちゃならない」

タケルは、そのときのヒロシの話をきいて、たいへんに心を動かされた。

「いいかい、タケルちゃん」

ヒロシはそんなタケルを見ながら、こうつけくわえた。

「このガラスの中の水はね、うらの桜谷用水池からくんできたんだよ。水がきれいなうちにな。水草も、藻も、くちぼそも、もちろんみじんこもさ。みじんこは、水といっしょにはいってきたわけだ。だから、桜谷用水池はこのガラスの中でずっと生きていくんだ。もとの用水池が死んじまってもな」

そして、こんな〝生きた水〟の作りかたのでている本を、ヒロシは見せてくれたのだった。

ヒロシのいうとおり、桜谷の用水池はもう死んでいた。信じられないくらい早く、桜谷の用水池は死んだ。まずだれかがいつか、ちょっぴりごみをすてた。すると、ごみをすてる人がどんどんふえた。そのあと、池に薬をまいた人がいて、ひと晩でさかなはぜんぶ死んだ。

しまいには、ダンプカーが右の丘の上をけずった土を何ばいも杉林にすて、その土が雨に流されて、かなりたくさん池の中まではいりこんだ。おかげで池は形まですこしかわってしまった。

いつからか、池のわき水がとまって、水がへりはじめ、やがて、いくらかくさいにおいもしてきた。

そのために、桜谷の用水池なんかうめたほうがいい、というおとなが前にもましてふえた。ヤスオが教えてくれたのだが、桜谷の新しい町の人は、早くうめてしまうよう役所にかけあいにいったりしているそうだ。

そんなことをきくと、ますますタケルは、ヒロシの部屋にあるもとのきれいな池の生きている水が、たいせつに思われた。だから、ヒロシの部屋へ遊びにくると、きまってガラスの水そうをのぞきこむのだ。くちぼそも水草も元気そうで、すんだ水に、窓の外の青空や白い雲がうつっていたりするのを見ると、ほっと安心するのだ。

ときには、ヒロシにねだって、みじんこを見せてもらうこともあった。もちろん、みじんこは、顕微鏡を使わなくては見えないし、その顕微鏡はいまでもヒロシの宝物だったから、いつもというわけにはいかなかったのだが。

5

「ほんとに、ここはひどいなあ」

「うん、ひどい」

その日の午後おそく、タケルとヤスオは、桜谷用水池のうしろの杉林から、きたなくなった水を見ていた。秋の日が、林の中をななめにさしこんでいた。

　ふたりは、いまヒロシの家から、杉林の丘をこえて帰ってきたところだった。桜谷町のヤスオの家にもどるには、このほうがずっと近道になる。

　タケルとヤスオは、用水池のふちをまわって土手の上にきた。桜谷町の家々が目の下につづいている。

「ぼくはね」

　タケルが、手に持った竹の棒で、町なみをぐるっとさししめしながらいった。

「ここで、ヒロシさんとはじめて会ったときのことを考えると、頭がへんになりそうだ」

「へんになるって、どうしてさ」

「ぼくはまだ幼稚園だったけどね。この下はずっとたんぼでさ。あれは、ええと、まだ春だったよ。そのあと、すぐたんぼのうめたて工事がはじまったんだ。こっちの右がわの山とおんなじように、あっちがわも林があったんだ。あの丘は、いまよりずっと高くてさ、こんもりしげっていて、とてもいいながめだったのに」

「いまだって、そんなにわるくないけどな」

　ヤスオは前のことを知らないので、のんきに答えた。たしかにきれいな町だった。

「まあね」

タケルはうなずいた。それから、くるりとふりかえって、見るかげもない用水池のほうに向きなおった。

「だけど、こっちを見ると、がっかりしちまう」

「ほんとだ」

ヤスオもうなずいて、まゆをしかめながらいった。

「こんなきたない池なんか、早くうめちまえばいいんだな」

タケルは、しばらくだまっていた。

池は、ヤスオにそういわれてもしかたがないような、あわれなすがたをしているのだ。むかしの池をよく知っていたタケルは、なさけなくなった。

「ぼくとヒロシさんが、ここではじめて会

ったときはね、すごくきれいないい池だった。ヒロシさんは、ここで、そのときはじめてくちぼそをつったんだ」

「ふうん」

　さかながいたなんて、信じられないというような顔をして、ヤスオは池をのぞきこんだ。半分くさったような水が、とろんとたまっている。その上に、ごみがたくさんういていた。

「わき水がとまっちゃったから、もうだめだって、ヒロシさんはいってたよね。水の神さまを人間がだいじにしないから、水をとめられちゃったんだって。神さまがおこって断水にしたんだろって、そういってたじゃないか」

　ヤスオは、わらいながらしゃべった。し

かし、タケルはわらわなかった。わらう気もしなかった。水道の断水なら、またいつか水はでてくるけど、池のわき水じゃどうしようもないや、と考えていたのだ。

このままほうっておいても、やがて池はひあがってしまって、大むかしのようにかれてしまうだろう。まったく残念なことではあるが。

――いいよ。こんなきたないままにしておくくらいなら、ヤッちゃんのいうとおり、早くうめたほうがいいな――。

タケルは、そう思った。そして、小石をぽんと池の中へけりこんだ。ひよどりがピーピーとかん高い声で鳴いて、向かいの杉林からとびたった。

この杉林は、ヒロシの家の持ち山である。そういえば、いつか、ヒロシのおじいさんがいっていた。山の中に鉄工所を持ってきたかわりに、杉林はぜったいにきらないのだそうだ。

「さあ、いこうよ、ヤッちゃん」

タケルは、さっさと土手をかけおりた。ヤスオは、あわててうしろからよびとめた。

「タケルちゃん、待ってくれよ」

土手のとちゅうにタケルはとまって、ヤスオをふりかえった。

「待ってるから、ゆっくり草につかまってこいよ」

そう答えたタケルは、自分の立っている足もとを見た。そこは、池の水を流しだすためにつくられた、小さな水門の上だった。

――おや――。

タケルは、ぐるっとあたりを見まわした。ここには、水門をあける鉄のハンドルがついていたはずだった。雨ざらしのままさびだらけになって、このあいだまでずっとここにあったのだ。それがいまは、ハンドルをはめこむあなだけあって、ハンドルがない。

太っちょのヤスオは、こしをおろして、そろそろと土手をおりてきた。そのときふっとタケルは、そのハンドルが、ついさっきヒロシの部屋のすみっこに、ぴかぴかになってころがっていたのを思いだした。

――なんだ。あれは、ここのハンドルじゃないか――。

いつのまにか、ヒロシはさびだらけのハンドルをはずしていって、ぴかぴかにみがきあげたとみえる。

いきなり、タケルの頭の中に、一つの考えがうかんだ。びくっと肩をふるわせて、手に持った竹の棒をほうりだすと、せっかくおりた土手をまたよじのぼっていった。

「あれ、タケルちゃん、どうしたの」

ヤスオは、草につかまったまま、ふしぎそうにタケルを目で追った。

6

タケルは、ひとりで土手の上に立つと、じっと池の水面《すいめん》を見つめた。

タケルの考えていたのは、こんなにきたない池の水は思いきってみんな流しだして、きれいさっぱりからっぽにしてしまいたい、ということだった。

――ヒロシさんからハンドルを借りてきて、水門をあけちまえばいいんじゃないか。そうすれば、きたない水はなくなる。こんな水がひあがるまで、ずっとかかえてなくちゃやならないなんて、池がかわいそうだ――。

タケルはこぶしをぎゅっとにぎったまま、池をにらみつけていた。それからゆっくりとふりかえって、土手の水門をのぞきこんだ。水門から先は、コンクリートのみぞがついている。そのみぞは、桜谷町の新しい道路にそってつづいていた。

「タケルちゃあん」

土手の下から、ヤスオのよぶ声がした。タケルは、立ったまま土手をかけおりようとした。と、ふいに小さな小さな人かげが、自分より先に、まるでころがるように土手をおりていくのを見た。秋の日ざしをうけて、きらきらときらめきながら、たちまちきえていったのだ。

タケルは、ぶつぶつとつぶやいた。

「あいつ、ひげがなかったぞ。だからツムジイじゃない。ぼくとそっくりな、あのちびすけだな、きっと」

そこで、ピーッと口ぶえをふいた。このごろ、やっとじょうずにふけるようになった口ぶえだった。それからさけんだ。

「帰ってこうい」

「なんで」

ヤスオの声が、土手の下からふしぎそうにききかえしてきた。

「なんか、あったのかい」

タケルは、あわてて手をふった。もちろん、いまはヤスオをよんだのではない。新しい小さなトモダチに向かって、思わずさけんでしまったのだった。

「なんでもない、なんでもない。いまおりていくよ」

大いそぎで土手をかけおりて、ヤスオにいいわけをした。

「ぼく、その——ああ、そうだ。むかしのきれいな池の景色が、またもとどおりにかえってくればいいいと思ってさ。そう思って池を見てたんで、つい、帰ってこい、なんていっちゃったよ」

「ふうん」

ヤスオは、うなずいた。そして、ほんとに、きれいな水がまたでてくればいいのにね、とつけくわえた。タケルは、ほっとした。

「さあ、いそいでもどろう。早く帰って宿題しなくちゃ」

そういうと、先に立って走りだした。ヤスオも、とことことうしろからついてきた。

桜谷町をくだっていくと、左に新しい酒屋がある。その酒屋の向かいがわに、切り通しの細道が見える。八十八段の石段のとちゅうにでるわき道だ。ここもいまは、コンクリートのしき石が二列にしきならべられていて、三年前よりは、ずっと歩きやすくなっていた。

酒屋の前で、タケルとヤスオは手をあげてわかれた。

「あばよ」

「あばよ、またあした」

タケルは、ひょいとせまい切り通しの道へとびこんだが、すぐに立ちどまった。いきなり耳もとで、なつかしいささやき声がしたからだった。

「ひ、さ、し、ぶ、り、だ、ね」

ぎくんと、タケルは立ちどまって、自分の肩をふりむいた。するとそこから、小さい虫のような白いものが、しゅっと足もとへとびおりるのが見えた。

こんどは、ちびすけもにげなかった。タケルは、地面にひざをつくと、ぐっと目を近づけてのぞきこんだ。そして、思わずふふふっとわらってしまった。だって、二センチ五ミリにもたりないほどのちびすけは、やっぱり鏡で見る自分の顔とそっくりな顔をしていたからだ。

わらいながら、タケルは自分の鼻を指さした。

「ぼくはタケルだ。知ってるだろうけど。おまえは、なんていうんだい」

「ルルルルル」

ちびすけは、ひどい早口で答えた。タケルが、えっとききかえすと、すぐにいいなおした。

「ツ、ム、ジ、って、いう、んだ」

「ツムジ？」

「そ、う、だ、よ」

「それじゃ、ツムジイと同じじゃないか」

「そーう」

この小さい小さい男の子は、なんとなく口のききかたがあまりじょうずではなく、タケルにもききとれないところがあった。ツムジイとは、ちがうしゃべりかただな、と、タケルは思った。

「だけどさ、でてくるの、ずいぶんおそかったじゃないか。夏ごろちょっとだけ顔を見せたのに」

「だって……まだ……子ども……だから……ね。なか、なか、……こられない」

「子どもって、いったいきみはいくつなんだい」

「タケルと、同……じ」

ちびのツムジは、タケルをよびすてにした。そこで、タケルも安心していった。

「そうすると、ツムジも、八つなのかい」

「そーう」

ふうん、とうなずいて、タケルはいちばんききたいことをきいてみたのだった。

7

「ツムジイは、どうした。元気かい」

「ああ」

「もう会えないのかな、ツムジイとは」

「……ね。会え、ない」

「手紙でもくれるといいのに」

こくんと一つうなずいて、ちびのツムちゃんは、手をあげた。

「じゃあ……また……くる」

「ちょっと待てよ」

タケルは、いそいでとめた。いまはもう、タケルも赤んぼではない。たしかめてみたいことが、いくつもあった。

「おまえみたいな小さい人は、ほかにもたくさんいるんだろ」

するとツムジのツムちゃんは、二、三度だまって首を横にふった。なんとなく、答えられないようすだった。タケルは、ゆっくりうなずいた。

「なんだか、おまえにもわかんないみたいだなあ。まあいいや」

そういって、つづけた。

「ツムジは、ツムジイの、孫かい」

「ちが、う。孫……でない。子ども……でも、ない。みん、な……ちが、う」

「じゃ、おまえは、いったい何者だい」

「ぼくは、タケルのほんとうのトモダチだ」

このときは、いやにはっきりとすらすらと答えたのだ。なんだか、この答えだけは前から練習していたのではないか、と思うほどだった。

その返事をきいて、タケルは、ずいぶんへんてこりんだなあと思った。そして、もしかしたらあのツムジイが、自分と同じような子どもに生まれかわってきたんじゃないかと、いきなり思いついたのだ。

この思いつきは、たいへんにタケルの気にいった。小さいふしぎな人も、人間と同じように年をとって、やがて死ぬことは、前からツムジイにきいて知っていた。けれどもタケルは、コロボックルのひみつをすっかり知らされたわけではない。だから、こんなふうに考えたのだ。

――小さい人たちは、死ぬとすぐに生まれかわることができるのかもしれない。そのくらいのふしぎなことは、できそうな気がするよ。おまけに生まれかわるとき、自分のすきな年の、すきな顔になれるんだ、きっと――。

それだと、とてもうまくつじつまがあうような気がした。

①ツムジイは、だんだん年をとって、とうとうあらわれなくなった。それでもまだ、元気だという。そして、元気なくせに、もう会えないなんていっている。

②そのツムジイは、最後にきたとき、「新しいほんもののトモダチ」が、いつかあわれるはずだ、といいのこした。そして、「わしをわすれるんじゃないぞ」とつけくわえていった。

③そして、やっとでてきたほんもののトモダチというのが、この同じツムジという名まえの、自分と同い年の男の子で、しかもその子は自分とそっくりな顔をしている。

こういう、とてもふしぎなできごとも、ツムジイが生まれかわってきた、と考えれば、なんでもないではないか。

ほんとに生まれかわったのかどうか、タケルにはわからない。わからないけれども、そうきめておけばいい。

もちろんタケルは、こんなふうにきちんとすじ道をたてて考えたわけではなかった。なんだかへんてこりんだな、と思っただけである。そして、そのへんてこりんなことを、へんてこりんでなくするためには、そう考えればいいと、一足とびに思いついただけだ。

タケルは、ひとりで何度もうなずいた。そこで、よほど、「おまえはツムジイの生まれかわりだろう」ときいてみようかとも思った。ことばはのどまででかかったのだが、やめておいた。

どうせ、ほんとうのことは話してくれないにちがいなかった。たとえほんとうのことをきかされても、いまのタケルではむずかしすぎて、話してもむだなのかもしれない。

たぶん、いまにタケルがおとなになって、むずかしいことでもよくわかるようになれば、教えてくれるにちがいない、と、タケルは考えたのである。

どっちにしても、あのツムジイが、自分とそっくりな同い年の男の子になって、こうしてもどってきてくれた、と考えるのはなかなかすてきだった。だから、タケルは、手をあげていった。

「じゃあ、またすぐこいよ。ツムジのツムちゃん」

にこっと、小さな小さな男の子も、わらいかえしてうなずいた。それから、しゅっと道を走っていった。タケルは、そのすばやい動きをずっと見おくってから、やっとからだを起こしたのだった。

ちょうどそのとき、細道の向こうから、女の人が小さい女の子の手をひいて、なにか話しながらやってきた。そこへいきなりタケルが立ちあがったので、女の人は、びっくりして女の子をひきよせた。

タケルは、かまわずに、おぼえたての口ぶえをふきふき、さっさとかけぬけていった。

走りながらタケルは、もうまるっきりべつのことを考えていた。桜谷用水池のきたない水を、すっかり流してしまうことを。

8

二日あと、タケルは、また柿村鉄工所のヒロシの部屋にきていた。こんどはヤスオといっしょではなく、ひとりだった。

「な、ヒロシさん。だから、くさったような池の水なんか、みんな流してやろうよ。もうどうせ、あの水は死んでるんだ。きれいさっぱり、からっぽにしてやろうよ。池がかわいそうだよ」

タケルは、しきりとヒロシをたきつけた。鉄工所の倉庫の二階にあるヒロシの部屋には、タケルのランドセルがころがっている。学校からまっすぐここへきたのだ。

「おもしれえな」

ヒロシもうなずいた。

「うん、やってみてもいいな。おれも、このごろは池にいかないようにしてるんだ。あんなきたねえ池なんか、見たくもねえからな。ほんとに、おまえのいうとおり、あれじゃあ池がかわいそうだ」

そこで、声を低くした。

「だけど、こいつはひみつにしないとだめだぞ。いたずらして池の水を流したなんていわれると、いやっていうほどしかられるからな。学校の先生にいいつけたりするやつが、きっといるんだ、おとなには」

「うん、もちろんひみつにするよ」

「夜でなけりゃだめだろうな。夜のうちに、水門をあけて、からっぽにしないと」

ヒロシは、考え考えつぶやいた。窓の前にあるガラスの水そうを、じっと見つめたままだった。

「百五十年も前にできた池だそうだが、いま水を流せば、とうとうなくなっちまうわけだ。だけど、まあいいや。このガラスの中に桜谷用水池は生きてるんだしな」

やろう、と、ヒロシも決心した。そこで、ふたりはこまかいことをきめた。

まず、池の水をぬくのは、こんどの土曜日の夜がいいと、ヒロシがいった。

「土曜なら月もないし、おれがこっそりでかけていって、やっつけてやる」

「ぼくもいく！」

タケルがからだをのりだした。でも、ヒロシはゆるさなかった。

「おまえみたいながきは、日がくれてから遠くまででてこられやしねえさ。なにしろ夜だからな。おれんちは池に近いから、おれひとりでいい」

「いやだ」

タケルは口をとがらせていった。

「それなら、土曜日の晩、ヒロシさんの家へとめてよ。ぼく、おかあさんにことわっ

てくるからさ」

「そんなこと、できるかい」

「できるよ。きっとゆるしてくれるよ」

「ふん」

ヒロシはちょっと考えてから、うなずいた。

「ようし。おまえがどうしてもというなら、ここへとまってもいいという、許しをもらってこい。おれも、おまえをうちへとめてもいいという、許しをもらっておく。ここでふたりでねればいいだろう」

「わあっ」

タケルは、とびあがって喜んだ。タケルにしてみれば、まったく思いがけないことになった。池の水をぬくという冒険のほかに、ヒロシの家にとまるというおまけがついたのだ。

タケルはむやみと胸がわくわくして、もうなにも考えられなくなった。だからあとのことはみんなヒロシにまかせて、さっさと家へ帰った。早くおかあさんの許しをもらわなくちゃと、あせびっしょりになって、家の中にかけこんでいった。

「あのねえ、おかあさん」

台所にいたおかあさんをつかまえて、タケルは、はあはあ息をはずませながら大声をだした。

「あのね、おかあさん。ぼく、こんどの土曜日、ヒロシさんのうちにとまりにいってもいい？」

「おや、ランドセルぐらい、おろしたらどう」

「うん」

いそがしく背中からランドセルをおろしながら、またいった。

「ねえ、とまりにいっていい？」

「いきなりそんなこといって、どういうわけなの。ヒロシさんの誕生日？」

「ううん、そうじゃないけどさ」

おかあさんがへんなことをいいだしたので、タケルはめんくらった。誕生日と、とまることと、どういう関係があるのだろうと、首をかしげながらつづけた。

「誕生日なんかじゃないけど、ヒロシさんが、とまりにきてもいいっていったんだ」

「ヒロシさんって、柿村鉄工所の坊やだね」

おばあちゃんが台所にやってきて、口をはさんだ。おかあさんもおばあちゃんも、ヒロシのことはよく知っていた。タケルの家にもきたことがあるし、タケルがしょっちゅう話をするからだ。

「あの子はなかなかいい子だよ。柿村のおやじさんによく似て、さっぱりしている」

おばあちゃんは、ヒロシのおとうさんもよく知っているのだった。

「タケルは、ひとりでとまれるの」

手を動かしながら、おかあさんがいった。

「とまれるさ。このまえ、おじさんのうちにも、ひとりでとまりにいったじゃないか」

「そうねえ」

おかあさんは、首をかしげた。

「あとで、おとうさんにきいて、いいっていったらいいわ」

それをきいて、タケルは、ああよかった、とほっとした。おとうさんは、きっとゆるしてくれるという自信があったから。

9

さて、その土曜日——。

おそくまで、テレビにかじりついていた桜谷町のヤスオは、おかあさんにしかられて、しぶしぶ二段ベッドの上にのぼった。ヤスオには弟がひとりいるが、その弟はもう下の段でねむっていた。

ねむれないまま、ヤスオは、暗いところでぱっちり目をあけていた。すると、遠くで、ゴーッという音がきこえてきた。

はじめは、風の音だと思った。そのつぎは、飛行機かなと思った。ところが、風でも飛行機でもないようだった。音はだんだん近くなって、やがて、ザーッというはげしい水の音になった。

「雨か」

ヤスオは、つぶやきながら、ねがえりをうった。

――ずいぶんふりだしたみたいだな。さっきまではなんでもなかったのに――。

そして、目をつぶった。雨のような音は、そのままずっとつづいていた。その音をききながら、ヤスオはねむってしまった。だから、あとのことはなにも知らない。

ヤスオの家は丘のほうにあったから、まだそのくらいですんだ。しかし、下の低いほうでは、道のわきにあるみぞを、いきなりザーザーと水が流れはじめたので、みんなおどろいた。

みぞがつまっていたり、せまくなったりしていたところは、道まで水があふれて、アスファルトの上を流れた。あちこちで、いぬがほえはじめた。

「どうしたんだい、こりゃ」

外を歩いていた男の人が、あきれたような声をあげた。

「水道管でも、はれつしたのかな」

ひどいひどいと文句をいいながら、くつをぬらさないように、つまさき立ちで歩いていった。

「なんでしょうね、いまごろ」

わざわざ外にでてみる女の人もいた。そして、みぞに流れる水をのぞきこんで、首をかしげていた。

用水池に近い家の人は、滝のような音におどろいて家をとびだした。懐中電灯をふりながら、暗い用水池の土手のほうを見あげた。水門は、草むらのかげになっているので、下の道からはよく見えない。

しばらくすると、二、三人の男の人が、ぐるっと遠まわりして、池の土手から水門までそろそろとおりてきた。

「だれがどうやってあけたのかな」

「こんな夜ふけに、わるいいたずらをするやつがいるもんだな」

そんなことをいいあって、かわるがわる水門をしめようとしたが、もちろん、ハンドルがなくてはもとにもどせない。

「しかたがない。そのうち池の水がからっぽになるでしょう。どうせ、こんなきたない池は、うめたほうがいいんだから、ほうっておきましょう」

「そうですね。やむをえませんね。まったく、ばかなことをするやつがいるもんだ」

男の人たちは、文句をいいながら、もどっていった。

するとそのあとで、近くの杉林の草むらがカサコソと動いた。

「うまくいったね！　ヒロシさん」

「うん、うまくいった」

おしゃべりしても、水音がはげしいので、人にきかれる心配はない。

もちろんヒロシとタケルだった。ふたりは、水門をあけるのに、思ったよりてまどった。ねじがさびていて、なかなかあかなかったのだ。

ヒロシは、機械油を持ってきていた。その油をたっぷりかけて、ねじにしみこませてから、すこしずつハンドルを動かした。タケルも、力いっぱいてつだった。

やっとのことで、水門を上まであけてハンドルをはずしたとき、もう下の道には、懐中電灯のあかりが、ちらちらと見えていた。なにしろ、水門はすこしでもあけば、もう水がふきだして、すごい音をたてるのだ。

ふたりははずしたハンドルをかかえて、近くの杉林までにげるのがやっとだった。

「まて、まだ下にいる」

ヒロシは、とびだそうとしたタケルをおさえていった。

「そっといこう。こっちだ」

はじめはゆっくり、それからうさぎのようにはねて、ふたりは土手の上にきた。黒い水が、にぶくなまり色に光りながら、水門から流れでていくのが見えた。どうやら池の水は、ぐんぐんへっていくようだった。

「ね、ヒロシさん、朝になったら、また水門をしめにこなくちゃいけないね」

タケルが顔をあげていった。

「ああ、まかしとけ」

ヒロシはタケルの手をつかんで、こしをのばした。

「さあ、早くおれの部屋へもどって、ねようぜ」

第五章　ほんとうのトモダチ

1

そのころ——。

コロボックル山もすっかり秋がふかまって、落ち葉が散りはじめていた。

山のうら手のやぶかげに、ころんところがった小さなどびんにも、かれ葉がふりかかった。もちろん、ここはツムジのじいさまの家だ。あるじのじいさまは、ずっとこのどびんの家にこもって、のんびりくらしていた。ときどき近くのやぶの中を散歩するくらいで、遠くへでかけることはもうほとんどなかった。

毎朝つゆの水玉をのぞきこむことだけは、いまでもつづけていた。タケルとわかれて、このどびんの家に帰ってきてからというもの、じいさまはタケルのことばかり考えて、毎朝水玉をのぞきこんだ。そのために、水玉にはタケルのすがたが、しょっちゅう見えたようだった。

おかげで、じいさまはタケルとはなれていても、年ごとにぐんぐん育っていくタケルを、たいへんよく知っていた。

それだけでなく、クマンバチ隊員にたのんで、ときどきタケルのようすを見にいってもらった。

「近よりすぎないように。あの子にすがたを見られてはいけない。遠くからながめてくるだけでいいんじゃ。どんなことをしていたか、どんなことを話していたか、ちょっとでもいいから、教えてくれればいい」

そういっては、町へ送りだした。なにしろいまのじいさまは、むかしのようにすばやく走ることもできないし、自分で町へいくことはあきらめなくてはならなかった。

どびんの家には、コロボックルたちがかわるがわるようすを見によってくれる。ヒノキノヒコ＝トギヤも、ひまをみては遊びにきた。トギヤのむすこの、ツムジのツムちゃんときたら、もう、毎日一度はきまって顔を見せる。

コロボックルの国にも学校があるが、ツムちゃんはいま一年生である。つまり、コロボックルの学校は、八つで一年生になり、ふつうは三年で卒業する。もし、三年間で勉強することを、たとえば二年半でおぼえてしまえば、あとの半年は、おとなのコロボックルの助手や見習いをさせられることになっていた。

さて、ここで、話をすこし前にもどしたい。

今年の春のこと、ツムちゃんは学校の一年生になるとすぐ、おとうさんのトギヤといっしょに、世話役によばれた。世話役は、ツムちゃんに向かって、学校で勉強するほかにもう一つ、特別の勉強をするよう、いいわたしたのだ。

「おまえは、人間のいいトモダチになれるよう、勉強しなくてはいけない」

ヒイラギノヒコ世話役は、てきぱきといいつけた。

「相手の人間は、ツムジのじいさまが知りあった、フジノタケルという男の子だ」

「はい」

ツムちゃんは、目をかがやかせた。

「その子の話はきいてるよ……あの、きいています」

トギヤに頭をつつかれて、ツムジくんはあわてていいかたをかえた。

「ツムジのじいさまから、きいたんだ、ぼく。コロボックルがどんなに速く走っても、ちゃんと見つけるっていう、ふしぎな目をした男の子でしょ」

「そう」

世話役は、目でわらいながらうなずいた。

「まあ、百年にひとり、でるかでないかという、特別な人間だ。だから、われわれコ

ロボックルとしては、どうしてもなかよくしていきたい人間なのだよ。将来は、われわれの味方にほしいとも考えている。わかったね」

「わかりました」

「なぜおまえがえらばれたか、知っているかね」

「知ってます」

ツムちゃんは、にやっとした。

「ぼくとそのタケルって子は、そっくりなんだって、じいさまにいわれています」

「そうだ。しかし、それだけではない。おまえの持っている知恵や力が、タケルにふさわしいと思うからだ。そのつもりで、いいトモダチになりなさい。おたがいが助けあえるように」

「はい」

「この特別の勉強は、ツムジのじいさまについてならうこと。学校から帰ったら、ツムジのじいさまの家にかようこと。はじめのうちは、一日おきでよろしい」

「はい」

そこで世話役は、父親のトギヤに目をうつした。

「きみは、この坊やの勉強を、しっかり監督する責任がある。つまり、父親としてだ」

トギヤは、ちらっと片目をつぶって答えた。

「おやじというものは、いつだってそういう責任があります。びしびしやりましょう」

そのとき、いたずら小僧のツムちゃんは、ふたりのおとなの顔を見くらべて、やれやれ、というように肩をすくめた。しかし、おとなたちはそんなツムちゃんには気がつかなかった。

とにかく、こうしてツムちゃんは、ツムジのじいさまのどびんの家にかようことになったのである。

じいさまは、ツムちゃんに、いろいろなことを教えた。

○タケルはどんな子か。どんなくせがあるか。
○タケルのおとうさんやおかあさんやおばあちゃんについて、知っていなくてはならないこと。
○タケルと話をするときは、どうしたらいいか。
○タケルのほかに人間がいるとき、どういう注意をしたらいいか。
などについて、すこしずつ話してくれた。タケルとツムちゃんが、どんなトモダチになったらいいかということについて、じいさまはよくこういういいかたをした。

「タケルをちぢめたのが、おまえだと思え。そして、おまえをひきのばしたのが、タケルだと思え」

ツムちゃんは、はっきりとわからないながらも、おもしろがってきいた。

はじめのうちは、世話役にいわれたとおり、一日おきにどびんの家までかよっていたが、やがてすぐ、毎日でかけるようになった。勉強のひまに、ツムジのじいさまが話してくれるむかし話がききたかったからだ。

ときには、同じような子どものコロボックルを、何人もつれていったりした。そんなときは、じいさまのほうも、教えることより、むかしの話やじまん話をして楽しんでいたようだ。

ある日、ツムちゃんは、じいさまの顔をしげしげとながめながらいった。

「ツムジっていうじいさまのよび名は、つむじまがりのつむじじゃなかったの」

「そのとおりじゃよ」

「へんだねえ」

ツムちゃんは、ふしぎそうだった。

「どう見たって、つむじまがりじゃないと思うけどなあ」

じいさまは、うえっへんと、せきばらいをして、せいぜいつむじまがりのような顔をしてみせた、ということである。

2

夏のまだ暑かったころ、はじめてツムちゃんは、タケルと会った。

そのときタケルが、町の小さな公園で、たったひとり鉄棒の練習をしていたことは、もう前に書いた。

それも、ツムジのじいさまの考えでしたことだ。ある日、もうそろそろ顔合わせをしておいたほうがいいだろうと、じいさまはいった。自分がタケルとわかれてから、どのくらいの月日がたったか、いつも計算していたようだ。

「早いもので、もう三年になるな。あの子は、そのあいだ一度もコロボックルを見ていないことになる。あんまり長いことほうっておくと、わすれてしまうかもしれんしな。ここらでちょっと、あいさつしてきたほうがいい」

そういって、ツムちゃんにいいつけた。

「いつどうやってタケルと会うか、おまえが自分できめろ。すがたを見せるだけでいいんだから」

ツムちゃんは、喜んで山をでた。もちろん、ひとりではなかった。クマンバチ隊の隊員がふたり、いっしょについていった。そのあとを、父親のトギヤも、そっとついていった。

じつをいうと、ツムちゃんにはどうしても信じられないことがあった。コロボックルがどんなに速く走っても、タケルの目にはつかまってしまうということだ。

——ようし——。

ツムちゃんは、ひそかに思った。

──ぼくは、タケルがまごまごするほど速く走って、目をくらましてやる──。

ところが、やっぱりだめだった。タケルは、ちゃんとツムちゃんのにげていった草むらまで正しくまっすぐ追いかけてきて、さがしまわった。もちろん、草むらにはいってしまえば、コロボックルのかくれるところもたくさんあるので、タケルには見つからずにすんだが。

とにかく、こうしてタケルと会ったツムちゃんは、たいへんに満足した。

──じいさまのいうとおり、さすがはタケルだ。たいしたもんだ。あの子とぼくがトモダチになれるなんて、ほんとにすごいや──。

ツムちゃんは、一日も早くタケルとなかよしになりたいと思った。だが、そのあとしばらくのあいだ、ツムジのじいさまは、ツムちゃんを町へだしてはくれなかった。

そのうちに夏がすぎて、秋になった。そしてつい十日ほど前、ツムちゃんは、いきなりじいさまにいわれた。

「いままでならったことを、実地にためしてこい。きょうから三日間、昼のうちだけ、タケルのまわりにいてみるんだ。ときどき、すがたを見せてもいいぞ」

ツムちゃんは、目をかがやかせてききかえした。

「ね、話は？　話をしてはいけないの？」

じいさまは、ちょっと首をかしげてから、ゆっくりとうなずいた。

「話がしたければ、してもいい。どうせ、あまり長いあいだはむりじゃろう。おまえはまだ、人間にわかるようにゆっくり話すのがへたじゃからな」

「でも、ぼく、やってみたい。なんでもためしてみないと、うまくならないもの」

「よしよし」

というわけで、ツムちゃんは朝早くからはりきって山をでた。こんども、ツムちゃんにはないしょで、おとうさんのトギヤとクマンバチ隊の隊員ふたりが、ずっとあとをつけていった。

はじめの一日め、ツムちゃんは、あまりタケルに近づかなかった。できるだけすがたを見られないように、わざとうしろへまわっていた。そして、夜になると、元気いっぱい山へもどってきた。

二日めは、もっと近くへよった。だんだんなれて、タケルの足もとにもいってみたし、タケルのランドセルの上にも、のってみた。そこででんぐりがえしをしてみたりもした。タケルは、まだ一度もツムちゃんを見つけていなかった。

すっかりなれた三日め、相手のタケルは、学校から帰ると、太った男の子をさそって、柿村鉄工所へ遊びにいった（ここのところも、もう前に書いた）。

その帰り道で、タケルが桜谷の用水池の土手にいるとき、ツムちゃんは、思いきってタケルの目の前にとびだして――、それからすぐあと、人通りのない細い切り通しの道で、タケルをつかまえて話をしたのだが――、ここのところも前にくわしく書いたから、もうくりかえさない。

そのあと、ツムちゃんはむやみとうれしくて、とぶようにまっすぐコロボックル山までもどってきた。一気にツムジのじいさまのどびんの家へかけこんできて、大声でさけんだ。

「じいさま！　ぼく、話ができたよ！　タケルと、話をしてきたよ」

ちょうどそのとき、じいさまのどびんの家には、クマンバチ隊員がひとりきていた。そして、ツムちゃんがとびこんでくると、いれかわりに立ちあがって、帰っていった。このクマンバチ隊員は、一足先に、ツムちゃんがタケルと話をしたときのようすを、知らせにきていたのだった。

しかし、じいさまは、なんにもきかなかったような顔をして、ツムちゃんをむかえた。

「ほれ、立ってないで、すわってゆっくりきかせなさい」

3

ツムちゃんの報告を、じいさまは、ふんふんとまじめな顔でききおわって、よくやった、とほめてくれた。

「はじめとしては、なかなかよろしい。だが、こんどからは、もうすこし頭を働かせて、タケルがどんなことを考えているか、なにを思いついたか、タケルがなにもいわなくても、はっきり読みとれるように、練習してみるといい」

そこで、ひげをしごきながらつづけた。

「たとえば、おまえがタケルの前にとびだしていったとき、タケルは池の土手の上で、なにを考えていたか、わかるかね」

「いいえ」

ツムちゃんがふしぎそうな目を向けると、じいさまはいった。

「わしにはわかる。できるだけくわしく、もういちどタケルのようすを話してみなさ

い」

「ええと、タケルは、池の水がきたないといって、おこってるみたいだった。それで、土手をおりかけて、土手の水門のところに立っていたのに、足もとを見て、きゅうにまた土手をのぼりました」

「それから」

「池をじっとのぞきこんで、それからゆっくりふりかえって、また、土手の水門を見ました。そのあと、ずうっと下のほうの町をながめて……そうしたら、もうひとりの太った男の子によばれた……」

「で、そのときに、おまえがすがたを見せたというわけだな」

「そう」

「なるほど……」

じいさまは、うで組みをして、にやりとした。

「タケルときたら、ずいぶん思いきったことを考えついたもんじゃな」

「思いきったことって？」

ツムちゃんにはわからない。

「いいかね、よく考えてみなさい。そのちょっと前、タケルは、池の水がよごれているって、おこっているようだったと、おまえはいったな。だから、土手をおりかけて、水門のところに立っていたとき、この水門をあけて池のきたない水を流してしまおうか、と考えついたにちがいないのだ」

「ふうん」

「それで、大いそぎでまた土手をのぼって、池の水を見た。それからまた水門を見た。水門から水を流したらどっちへ流れていくかと思ってな。で、そのつぎには、下の町のほうを見たんじゃ」

じいさまは、そこでふいに口をつぐんだ。そのまましばらくだまっていたが、やがて、ぼそりといった。

「あの池の水が、そんなにきたなく、みすぼらしくなるなんて、まったく、タケルでなくても水を流したくなる」

ツムちゃんもうなずいた。

「わき水がとまっちゃったんだって。だからきたなくなって、水もへっていくんだって。あの子たち、そういっていた」

「うん」

なにかじっと考えているように、じいさまはうでを組んで、目をつぶったまま、動かなくなってしまった。

「ね、じいさま。ぼく、五つの年にはじめておとうさんと町へいったとき、あの池にもいったよ。おとうさんがつれていってくれたんだ。それで、地面の下の、ぼくたちの先祖がつくった水のトンネルも、見てきたよ」

「うん」

じいさまは、きいているのかきいていないのか、うなずくだけだった。

「あのトンネル、つぶれちゃったんだろうかなあ」

ツムちゃんが、ひとりごとのようにいうと、じいさまは、ようやく目をあけた。

「あれがつぶれるわけはない。うん、いいことを思いついた。おまえはもう帰ってよろしい。帰ったら、おとうさんのトギヤに、ちょっとここまでくるようにいってくれないか」

「はあい」

ツムちゃんは元気よく立ちあがって、とびだしていった。

ツムジのじいさまがトギヤをよんだのにはわけがある。もういちど、あのコロボックルの先祖のつくったわき水のトンネル道を、調べさせようと思ったのだ。

「ほんとうにわき水がかれてしまったのか、それともわき口がふさがっているだけなのか——」

じいさまは、ひとりでぶつぶつとつぶやいた。

「こんなことなら、あれを見つけたあと、ときどき調べておけばよかった。わしが、こしをいためたりしたんで、とうとうあれっきりになってしまったが」

夕ぐれが近づいて、あたりがだんだん暗くなってきた。だが、ツムジのじいさまは、あかりもつけずに、じっと部屋のまん中にすわっていた。どこかで虫の鳴く声がしきりにきこえていた。


トギヤは、そこへやってきた。

「やあ、じいさま。桜谷用水池の、わき水のトンネルを調べなおすそうだね」

そういいながら、暗い部屋の中にはいってきたのだ。

「そんなことを、いったいだれにきいたんだ」

あきれたように、じいさまはいった。

「うちのぼうずがそういってたが、ちがいますか」

「うん、じつはそのとおりじゃ。だが、わしは、なにもいわなかったぞ」

にがわらいして、じいさまは、まあいいというように手をふった。

ツムちゃんには、タケルの心を読みとれと、教えたばかりだった。この調子なら、たちまちツムちゃんは、タケルの心も読むようになるだろう。

「そのことなら、じいさま、わざわざ調べにいくことはないですよ」

トギヤは、そんなことをいいだした。

「なぜ」

「わしが、ちゃんと調べてありますから」

「ほう」

じいさまは、目をあげた。

4

トギヤは、にこりとわらった。

「三年前、じいさまにあの地面の下の水のトンネルを教わってから、ちょいちょいでかけては調べていたんだ。もっとも、だいぶ前から、トンネルにははいれないがね。

きょうも、むすこのあとについていって、見てきたばかりですよ」

「で？」

じいさまは、ひざをのりだした。

「水は、かれてしまったかね」

「わしの見たところでは、すっかりかれたとはいえないね。二年ほど前、池にかなりの土が流れこんで、まず水のわき口がふさがった。そのあと、地面の下の、コロボックルの先祖がつくった水のトンネルにもどろがはいりこんで、すこしずつうまっていったために、すっかりつまってしまった。地面の下の水は、たぶん丘の上のほうで、わきへそれているのでしょうな」

「それはたしかかね」

「とにかく、地面の下の水が、池の近くま

できているのはたしかです。杉林の中に、ほんのすこし水のしみでているところが、三ヵ所ほどある」

トギヤはあごをなでながら、のんきそうにつづけた。

「つまり、そういうことです。もういちど池のわき水の口をほりだして、水のトンネルにつまっている土をとれば、もとどおり水がわいてくるかもしれませんな」

じいさまは、うなるようにいった。

「そんなだいじなことを、なぜいままでわしに知らせなかった」

「うん」

こまったように、トギヤは答えた。

「じいさまは、前から、あの池はいつまでもそっとしておきたいって、そういってたからね。それが、みるみるうちにきたなくなっていくんで、つい、いいそびれた」

「水は、またわきでてくると思うか」

「――そいつは、やってみなければわからない。もしでたとしても、前ほどたっぷりわいてくるかどうか……」

「では、やってみることにしよう」

ツムジのじいさまは、立ちあがった。

「トギヤ、ご苦労だが、わしといっしょに世話役のところまでいってくれ」

「世話役？」

トギヤは、びっくりしてききかえした。

「いまから、いくんですかい」

「そうだ。ひさしぶりに会ってこよう。こいつはどうも、コロボックル全体の力を借りなくてはいかんかもしれん」

「そんなにあわてないで、あしたにしたらどうです」

「いや、いかん」

ツムジのじいさまは、強く首を横にふった。

「タケルという子は、きっとやる。あの子が池の水をぬいたあと、できるだけ早く、すぐ水がわきだすようにするんじゃ。一日でも早いほうがいい」

「タケル？　タケルがなにをするって？」

トギヤはふしぎそうにききかえしたが、じいさまはもう答えなかった。さっさとしたくをすますと、先にたってどびんの家をでた。トギヤもしかたなく、ついていった。

世話役は、まだ、コロボックルの城にある役場にいた。

コロボックルの城は、はじめにいったように物置小屋ほどの大きさだが、ここもはじめのうちは、味方の人間が使っていたものだ。せまい部屋の窓の前に、ぴっちりとつくえがはめこんであったが、そのつくえのいちばん上のひきだしの中がコロボックルの役場になっていた。ついでにいうと、ほかのひきだしにはコロボックルの学校がある。つくえの上は、広場になっている。

ツムジのじいさまとトギヤは、つくえのうしろにとりつけてある階段をのぼって、役場にはいっていった。

そのあとしばらくすると、ツバキノヒコ技師長と、スギノヒコ＝クマンバチ隊長がきて、役場にはいっていった。それからまた、コロボックル通信の編集長のクリノヒコもかけつけてきた。ほかに、クマンバチ隊の隊員が何人も何人も、いそがしそうにでたりはいったりして、なんとなくあわただしいようすだった。

やがて、ツムジのじいさまとトギヤが、役場からでてきたときは、もうすっかり夜になっていた。

「やれやれ、これでひと安心」

じいさまは、コロボックルの城をでたところで、ほっとしたようにつぶやいた。

「うまくいくといいね。じいさま」

トギヤも、よく晴れた星空を見あげて、そっといった。

「月はないが、かえって仕事はしやすいな。うん、わしもあしたはいってみよう」

ふたりは、ゆっくりゆっくり、じいさまのどびんの家に帰っていった。

コロボックルたちは、大むかしの先祖たちののこした桜谷用水池の水のトンネルを、ほりなおすことになったのである。つまった土をとって、もういちど水をとおすつもりだった。

ツムジのじいさまは、そのことを世話役にたのみにきたのだった。もちろん世話役は、じいさまの話をきくと、すぐにうなずいて答えた。

「いいでしょう。技師長に相談して、やってみます。先祖ののこしたものを、このままつぶしてしまいたくはありませんからね。できるだけやってみます」

そういって、ひきうけてくれた。

「もし、トンネルがなおっても、水はもとのようには、でないかもしれないんじゃが……」

じいさまがいいかけると、世話役はわらってとめた。

「だめならだめで、しかたがありませんよ。だいいち、水がわいたところで、人間はやっぱり、池をうめてしまうかもしれないじゃないですか」

5

ツムジのじいさまがいったとおり、タケルは池の水をぬいてしまった。そのことは、もうみんな知っているはずである。あれは土曜日の夜だった。

その土曜日の夜まで、コロボックルたちはめまぐるしく働いた。五日のあいだ、毎晩三百人ほどのコロボックルの男たちが、いっしょうけんめい、土をほりつづけた。

水のトンネルまで土をほってもぐるのが、まずたいへんだった。いつかツムジのじいさまが見つけた虫のあなは、とうのむかしにうまっていたから。

それに、三日かかった。そのあと、二日かかって、トンネルの土をとった。それでもまにあわずに、まだだいぶのこった。

しかし、コロボックルたちは、タケルたちが池の水をぬいたあとも、ひきつづいて仕事を進めるつもりだった。池に水がなければ、それだけ仕事はしやすくなるだろう。

ところが、ちょっと思いがけないことになった。

日曜日の朝、からっぽになった池には、ヒロシとタケルと、それにヒロシのおじいさんが、いっしょにやってきたのである。秋晴れのとてもいい天気だった。

ヒロシのおじいさんは、ヒロシたちが、前の晩に池の水門をあけたことも、まだ夜があけないうちにヒロシが水門をしめにいったことも、ちゃんと知っているようだった。それでも表面はなにも知らないふりをしていたし、もちろんヒロシもタケルも、自分からいいたくはなかったので、だまっていた。

「おい、ぼうずたち、うらの池の水がぬけちまったぞ。ちょうどいい。わしといっしょにこないか」

そういって、ヒロシのおじいさんは、ふたりをさそった。おじいさんは長ぐつをはいて、スコップと長いさおを手に持っていた。

「いったい、そんなもの持って、どうするのさ」

ヒロシがきくと、おじいさんは、すまして答えた。

「むかしからな、あの池の水をぬいたときには、水のわき口のかっぱ石におそなえ物をあげるのがしきたりだよ。だが、あのへんには土が流れこんじまったから、かっぱ

石もうまってるだろう。わしはほりだして、きれいにしてやるつもりなんだ。どう思う、おまえたち」

「どう思うって」

ヒロシはタケルの顔を見て、それからまたおじいさんの顔を見た。

「おれたちもてつだうよ。な、タケルちゃん」

「うん。ぼくもてつだうよ」

タケルもうなずいた。

「そうか。それなら、したくしてこい。池の底はどろどろだから、長ぐつをはかなきゃだめだ」

はあい、と、ふたりはいい返事をして、ヒロシの家にかけもどった。が、タケルは、ふいに立ちどまって、ヒロシにいった。

「あれ、ぼく、長ぐつなんか持ってきてないよ」

「おれのをかしてやる」

ヒロシは、かまわず玄関にとびこんでいきながら、答えた。

「ちっとばかり大きいかもしれねえけどな。おれは兄貴のを借りるからいい」

そういって、げた箱の中から二足の長ぐつをひっぱりだした。

たしかに、タケルには大きすぎる長ぐつだったが、ヒロシが、上のほうをすこし折りかえしてくれた。それでなんとかかっこうがついた。

ふたりが、ブッカブッカと長ぐつの音をさせながらおじいさんに追いつくと、おじいさんは、ヒロシにくわとバケツを持たせた。バケツの中には、もいだばかりの柿の実が、いっぱいはいっていた。

杉林をこえて、池へいってみると、近くの子どもたちが、もう土手の上に集まっていた。その中には、ヤスオもいた。

「おうい。ヤッちゃあん」

さすがにタケルは目が早くて、杉林の中からヤスオを見つけて、大声でよんだ。ヤスオのほうは、びっくりしてきょろきょろあたりを見まわしている。

「ここだよう」

タケルは、ブッカブッカと走って、土手の上にまわっていった。

「あれ、タケルちゃん、どこからきたのさ」

「うん、ぼく、ヒロシさんとこで、長ぐつ借りてきたとこだよ」

それからちょっと声を低くして、ヤスオにささやいた。

「あとで、いっしょにヒロシさんのうちへいこう。おもしろいこと、教えてやるよ」

「ふうん」

なんだかわからないままに、ヤスオはうなずいた。

タケルは、ヒロシとふたりで池の水を流した話を、このヤスオにだけは、こっそりうちあけるつもりだった。

「ぼく、ちょっといってくるから、待っててくれな」

「いくって、どこへさ」

「あそこだよ」

タケルは、からっぽになった池の中の、ヒロシとおじいさんを指さした。ふたりは、杉林のほうから池におりたところだった。

「ヒロシさんたちはね、かっぱ石をほりだして、水の神さまにおそなえ物をあげるんだって。この池の水を流したあとは、いつでもそうしていたんだから、こんどもしなくっちゃいけないってさ。おじいさんがそういうんだ」

タケルは、いうことだけいうと、またブッカブッカと音をたてながら走っていった。

6

ヒロシのおじいさんと、ヒロシと、タケルは、せっせと働いて、ようやくかっぱ石をほりだした。ここが水のわき口だが、いまは、ぎっしり土がつまっている。じいさまは、手ですこしずつ中の土をかきだした。

うでまではいるようになってから、こんどは竹ざおで、ぐんぐんついた。竹ざおは、すこしずつ、おくまではいった。そして、しばらくすると、ずばっと手もとまではいった。

「よしよし」

おじいさんは、額のあせをそででふいてつぶやいた。ところが、そでにも土がついていたから、おじいさんの顔もどろだらけになってしまった。

「まず、こうしておけばいいとしよう。さあ、くだものをそなえようか」

そういって、かっぱ石の上に、もってきた柿の実をのるだけのせたのである。

そのあと、三人は、池からあがってやすんだ。土手の上で、タケルはからっぽになった池をふりかえって、ほうっとため息をついた。

——水のない池なんて、もう池じゃないや。あたりまえの話だけど。ずっと前は、あんなにきれいで静かで、すてきなところだったのにな——。

そして、ヤスオをさそうと、またヒロシの家へ向かった。もうお昼が近くなっていた。

集まっていた子どもたちも、ひとりふたりといなくなって、やがて、からっぽの池のまわりには、だれもいなくなった。いや、ほんとうはいたのである。もし、タケルがそこにいたら、目をまるくしておどろいたことだろう。

人のいなくなった土手の上に、コロボックルたちが、二十人ほど、しゅっしゅっととびだしてきたからだ。

水のトンネルをあけるために、池で働いていたコロボックルたちは、ここへも見張りをおいていた。その見張りが、山へ知らせに走った。ヒロシのおじいさんが、かっぱ石をほりはじめたことを。

その知らせをきいて、世話役もトギヤもやってきた。ツムちゃんまで、トギヤといっしょにきていた。

三百人のコロボックルが、五日間ぶっとおしで働いてもできなかった「仕上げ」を、ヒロシのおじいさんは、一時間半ほどで、かたづけてしまったのである。

「どうだ。水はでそうか」

世話役が、クマンバチ隊員のひとりにきいた。その隊員はぬれたあまがえるの服をつけていたが、ぽんとかえるの頭の部分をうしろへはねのけて答えた。

「しばらくすると、でてくるようです」

「まちがいないか」

「まちがいありません。はじめはすこしずつ、そのうちに、たっぷりでてくるはずです」

「そうか、それはよかった」

世話役は、うなずいていった。

「見張りだけ、ここにのこれ。あとのものは山へもどろう。だれか、ツムジのじいさまにも知らせてやれ」

「ぼくがいく！」

ツムちゃんだった。ところが、世話役は手をあげてとめた。

「坊やには、ほかに知らせにいってほしいところがある」

「どこへですか」

ツムちゃんがきくと、世話役はにこりとしていった。

「おまえのトモダチさ。あの子がひとりになるのを待って、教えてやれ。水はまたでてくるだろうってな」

「はあい」

ツムちゃんがとびだしていくと、世話役はトギヤに目で合図した。ツムちゃんといっしょにいけ、ということだろう。トギヤもうなずいて、さっと走っていった。

コロボックルのいったとおり、だれもいなくなった池の、かっぱ石の下の水のわき口からは、やがて、ポタンポタンとしずくがたれはじめた。

時間がたつにつれ、ポタンポタンは、ポタポタポタと早くなった。そして……その日曜日が夜になるころ、前と同じきれいな水が、サラサラとわきだしていた。

*

さて、このへんでこの物語は、ひとまず終わりにしよう。

池はどうなったかって。

桜谷の、どんづまりの、用水池へいってみればわかる。

むかしとかわらない、静かできれいな池があるはずだ。そして、そこの土手には、立てふだが三つ立っている。

『消防水利』

これが、第一の立てふだである。まるい立てふだで、ふちを赤く中は青でぬられていて、白いペンキで字が書いてある。この池は、消防署が、桜谷町の防火用水として、ずっとのこすことになったのだ。

「こんなきれいな池、うめるのはもったいないじゃないか」

桜谷町の人がきゅうにそういいだして、消防署に相談して、それできまった。前にはうめろうめろといい、こんどは、のこせのこせという。かってといえばずいぶんかってだが、まあそれはいいとしよう。

二つめの立てふだには、こう書いてある。

『よい子は池であそばない　柏小学校』

これは、小学校で立てたもので、細長いくいのような三角の立てふだだ。まっ白にぬった上から、黒い字で書いてあった。

さて、三つめの立てふだは、四角いじょうぶそうな板を太い丸太にうちつけた、がんじょうなものだ。その板に、あまりじょうずでない赤ペンキの字で、横書きにこう

書いてあった。

『この池よごすべからず　桜谷用水池保護同盟』

これは、ヒロシとタケルとヤスオの三人で立てたものだった。つまり、この〝同盟〟は三人でつくられたものである。

だがこの三人のほかに、コロボックルのツムちゃんほか数人のコロボックルたちが、自分では桜谷用水池保護同盟にくわわっているつもりのようだった。そのことは、タケルもまだ知らない。

とにかく、この池へ、こっそりごみをすてようとしてひどくはちにさされた、という人が何人もいるのはたしかである。

あとがき　――その1――

　コロボックル物語は、**①だれも知らない小さな国②豆つぶほどの小さないぬ③星からおちた小さな人**と続き、この三巻で一応の完結としていた。三巻目を書き上げてからも、すでに五年になる。

　これらの物語は、三巻そろったところで新版ができ、そのとき、さし絵も村上勉氏にかきなおしてもらうことができた。

　こうして装いを新たにしたコロボックル物語は、幸いにも、思いがけないほど多くの支持を受け、しかも年々、若く新しい読者に読みつがれていくらしく、わたしの手もとへも、物語の続編を望む声がしきりであった。

　作者としてよりも、もはや読者のひとりになってしまっていたわたしは、そんなうれしい要望を受けながら、思い切って書きおこす気がせず、少なからず困惑していた。

　だからといって、わたしに続編の計画がなかったわけではなく、実をいうと、四巻めのコロボックル物語は、『コロボックルとその友だち』という表題の、短編集にするつもりだった。

これは、あるひとりのコロボックルとあるひとりの人間との出会いを、それぞれ主人公をかえて、いくつかの短編に書きわけてみようと考えていたもので、その短編の中で、もっとも気に入った一組（コロボックルと人間との）を主人公に選び、また長編を書きつごうと思っていた。

ところが、その短編がまだ四つしかできていない時点で、早くも、次の長編の主人公にふさわしいカップルがとびだしてきてしまい、作者としてはどうにもならないうちに、この本ができてしまった。

だから、本来ならば、この本はコロボックル物語の⑤となるべきものである。④をとばして⑤としてもいいかなと思ったが、とりあえず発行順に④としておくことにした。いずれ短編集がしあがったら、あらためて番号をふりかえるかもしれない。

★

裁判官は弁明せずということばがある。作家も似たようなもので、自作の解説など、できるだけしないほうがいい。読者の読後感はすべて読者のものであるのに、そこまで作者がたちいって、身勝手な「いいわけ」や「押し付け」をしてはいけないと思う。いいたいことがあったら作品でいえばいい。

しかし、それでもなお、いいたくなるときもある。

この作品の中に、わたしは自然と人間のことをくりこんだ。いやでもふれざるをえないファクターだった。だが、もちろん結論めいたものではない。わたしにできることといったら、ほんのささいな警告だけなのだが、要はそれを肝にめいじてもらえるかどうかであろう。

平凡なことながら、自然と人間とを、せめぎあう対立関係に置かず、調和とバランスの関係に正していきたいとせつに思う。

昭和四十六年十月

佐藤さとる

あとがき　――その2――

コロボックル物語の既刊四冊は、本編を以てすべて文庫に収まった。シリーズとしては未完のつもりではあるけれども、こうして小型の本になって揃ったところを見るとやはりほっとする。愛読者の支えがあればこそ、という感慨があらためて湧いてくる。

これまでに、私は実に多くの若い読者から手紙をいただいた。そのほとんどは続編を望むもので、いわば督促状を兼ねた内容である。作者にとってこれほどの名誉はなく、全く有難いことだと思う。もちろん、その一つ一つに返事を差上げるべきなのだが、これがなかなか思うに任せない。したがっていつも私の心の底にひっかかっている。

☆

生来私は字を書くことが大きらいで、小中学生の頃から漢字の書取りと書き方と、それに作文が苦手だった。

それが、いつの間にか物語を書く人間になってしまったのだから、私自身今だに閉口しているのである。よく考えてみると、字を書くのは昔からきらいだが、話を創るのは大好きだった、ということらしい。その結果、自分の創った話を定着させるために、いやでも自分で字を書いて綴らなくてはならず、仕方なくきらいな字を――それも我ながらあきれるほど大量の字を――書く破目に至ってしまった、というわけである。

当然私の文章は下手くそで、一回書き下したぐらいでは目も当てられない。しかも、編集者としてながく勤めたこともあって、下手なことはよくわかる。眼高手低の見本のようなもので、やりきれない思いをしながら、二回三回と手を入れることになる。

いつだったか、「あなたは原稿を万年筆で書きますか、それともサインペンとかボールペンなどを使うこともありますか」という質問を受けたことがあった。そのとき私は、つい「消しゴムで書きます」と答えて笑われた。しかし、私は半ば本気で答えたので、下書きには必ず鉛筆を使い、それを消して消して消して、ちょっと書き直してはまた消して、という作業を続けるのである。

☆

そんな私が、とにかく、この物語をここまで書き続けたのだから、全く不思議である。一人で書いてきたつもりだったが、実際には非常に多くの人と一緒に書いてきたような気もする。「コロボックルたち」というのも、或はそういう人々の具現であったのかもしれない。

一九七六年五月　　佐藤さとる

あとがき　――その3――

　もし、コロボックル物語の第四巻を書くとすれば、これまでの作品世界とは、視点も舞台もいくらかずらしたところで、物語を追ってみたいと考えていた。

　第三巻がでたあと「コロボックルとその友だち」というテーマで、数編の短編創作を試みたのも、いずれその中から、長編に向くような面白い個性が生まれるかもしれないという、期待があってのことである。

　ちょうどそのころ、某社から、コロボックルを主人公に、新しい長編を書いてみないかという、思いがけない誘いを受けた。結局のところ、この誘いには応じられなかったのだが、これが重い腰をあげて第四巻と取り組むきっかけになった。わたしは、手もとにあった短編の中から、「百万人にひとり」という作品を選び、そこに登場していたコロボックルと人間の少年を中心にすえて、この『ふしぎな目をした男の子』をまとめた。初版発行は昭和四十六年十二月四日で、さし絵はもちろん村上勉氏をわずらわせた。

コロボックル物語のような連作の場合、書き手の悩みの種は、前作までの記述すべてが動かしがたい既成事実となって、次作を束縛していくところにある。こうしたきびしい制約をくぐり抜けていく苦労は格別で、それだけに、首尾よく仕上がったときの喜びも大きい。しかし、先へいくほど制約はふえていくから、やがては物語の硬直化、マンネリ化をまねくことにもなる。

そういう意味では、第四巻を、既刊の作品世界からやや離したのがよかったらしく、いっときそれらの制約もゆるんで、あまり力まず書き上げることができた。下敷きになる短編作があったのも、ありがたかった。わたしにとっては、克明な創作メモをとるより、むしろ作品の形で、短編や掌編《しょうへん》にまとめておいたほうがいいようである。

それにしても、コロボックルの短編創作には、何となく心ひかれるものがあって、その後も折を見て書くつもりだった。コロボック

ル物語のシリーズに、そんな短編を集めた別巻があってもいいと思い、このことは初版のあとがきで触れておいた。現在でも、その気持ちは変わっていないが、はたして書きためられるかどうか。

一九八四年七月

佐藤さとる

あとがき　――その4――

この第四巻は「あとがき――その3――」でちらりと触れているように、某出版社からの依頼があって書いたものだった。その詳しい話はおおやけにしないつもりでいたのだが、考えてみるとこの物語を生むきっかけを与えてくれた人が、某出版社にいたことになる。そのことはどこかに書いておくのが礼儀かと思いなおした。もともと包み隠しておくほどのことでもない。

このたび新しく文庫に加えていただき、こうしてもう一度あとがきを書く機会を得た。こんな好機をはずしたら、多分あとはないだろうという気がするので、簡単に経緯を述べておく。

某出版社というのは岩波書店で、そこの児童図書出版部にいた編集者は、すでに故人となられた乾富子さん（ペンネームは『いぬいとみこ』）だった。

この人は同人誌『豆の木』以来の親しい友人であり、同時によきライバルでもあった。たまたま二人とも編集者として出版社に勤めながら、児童文学作品を書いていた。その乾さんが私の勤務先（実業之日本社）に電話をかけてきて、いきなり「本を一冊書いて」といった。

要領がつかめなかった私が聞き返すのに、乾さんは、持ち味のおっとりとした口調で説明した。これまではほとんど翻訳物ばかりだった児童書に、日本の作家の書下ろし創作を加えることになったという。そして乾さんは早速私を推薦してくれて、それが通った、というのだった。

ただし、一つだけ注文がついた。コロボックルを主人公にして、新しいコロボックルの話を書け、ということだった。これは、私が第三巻で一応の完結とする、といっていたからだ。喜んで私はひき受けた。そして一年弱後、書き上げて乾さんに渡し、とりあえず下読みしてもらう段取りになった。

そのころ私は講談社に出向いてこの成り行きを報告した。いきなり他社からコロボックル物が出たら、びっくりするだろうと、単純に考えたからだった。ところが、いつも温厚な当時の児童出版部長さんに、じっとにらまれた。そして、コロボックル物語はすべて講談社で出します、ほかから出してもらっては困ります、と言われた。

言葉は丁寧だったが、一歩も退かない気迫があって、私はたちまち降参した。その足で岩波書店のある神田に回り、乾さんを近くの喫茶店に呼び出した。すると事情を察した乾さんは、上司の編集長を連れてやってきた。私は平身低頭して渡したばかりの原稿を返してもらうよう、たのみこんだ。なんだか情けない次第だったが、もとはといえば、己の浅慮から出たことだから、どうにも止むを得ない。

岩波書店の編集長は、私の苦境を察してくれて、原稿は返すが、そのかわり半年以内に別稿をいれてほしいといった。それが乾さんの意見でもあるらしく、乾さんは隣でうなずいていた。それでも会話の中で、私のコロボックルの新作は、「とっても面白かったのに残念ね」といってくれた。

この第四巻が、これまでのコロボックル物語の中でもやや変った味わいを持つのは、そんないきさつがあったためかと改めて思う。そして、実はこれが思いがけない効果を発揮してくれた。遠回りしてシリーズに加えた第四巻のおかげで、コロボックル物語の世界がふいに広がった感じになった。

『不思議な目をした男の子』は、コロボックルと現代の人間社会を結びつける作になっていた。

二〇一一年七月　　　　　　佐藤さとる

解説　小さなトモダチがくれる大きな世界

中島京子

コロボックル・シリーズは、私の中で不思議な位置を占めている。たぶん、私だけではなくて、子供のころにシリーズを読んだ誰にとっても、おそらく特別な存在であるに違いない。

ピーター・パンを読んだ夜、窓を開けて寝た記憶のある人は多いだろう。いつかピーター・パンがティンカー・ベルとともに現れて、妖精の粉をかけてくれて、空を飛べるようにしてくれて、ネバーランドに連れて行ってくれる……かも。

でも、この夢はそう長く続かずに終わる。なぜならピーター・パンがイギリスの話で、どうも日本の我々のところまでやってきそうに思えなくなるのである。

そこへいくと、我らがコロボックル物語は純和製だ。早口であっても、日本語をしゃべってくれるところが心強い。せいたかさんや、おちび先生のところに出てくるなら、私のところにも来てくれるのではないか、という思いは、相当長く続く。いや、終わりなく続く。いや、嘘でもなんでもなく、いまも、私は目の前をひゅっとよぎる、虫のような影を見ると、「コロボックルか」と思う。もちろん、そう思って楽しんでいるというのが本音で、ほんとうにコロボックルだと信じているわけではないけれども、いいではないの、それくらい、楽しんだって。

子供のころは、もっと真剣だった。なにしろこのシリーズはディテールが細かいものだから、ほんとにありえそうに思えてくるのである。コロボックルはだめでも、豆犬くらいなら出会えないかなどと、友達と真剣に話し合ったりした。あの、四角い竹というのが、いかにもどこかにありそうなのである。もし、四角い竹を見つけることができたら、そこにきっと豆犬はおり、豆犬のいるところコロボックルはいるにちがいない、とか。そんなのを通り越して、どこそこのお茶の先生のお茶室に四角い竹があるのを見た、とか。田舎のおばさんちに蕗《ふき》があって、葉の裏を見たら飛び出していった影があった、とか。だいいち、こんなに細かいところまでコロボックルの生活と性質をよく知っているからには、少なくともこのお話を書いた人は、コロボックルに会ったことがあるに決まっている、とか。

この、なさそうでありそうなリアル感が、読者を惹《ひ》きつけて離さない大きな魅力になっていることを、疑う人はいないだろう。

そしてこのシリーズ四作目は、コロボックルの世界が人間の世界と大きく歩み寄りを見せる、つまり、誰にでもコロボックルと「トモダチ」になるチャンスがある時代を迎える、コロボックル史上、たいへんドラスティックな変化を題材にした物語である。

もちろん、コロボックル物語はすべて、コロボックルと人間がトモダチになる話と言って過言ではない。『だれも知らない小さな国』では、せいたかさんとおちび先生が歴史的な一歩を踏み出すわけだし、『豆つぶほどの小さないぬ』には、エク坊という人間の男の子が出てきて、コロボックルたちはこの子に姿は見せないものの、いつか味方にするのだろうかと予感させるシーンがいくつも出てくる。『星からおちた小さな人』では、少年おチャ公とコロボックルのミツバチ坊やの奇妙な友情が描かれ、おチャメさんもコロボックルの味方になるらしいところで終わる。

そして満を持して、『ふしぎな目をした男の子』だ。

コロボックル世界のおきてが変わって、一対一という条件でなら、コロボックルは気に入った人間の前に姿を現し、トモダチになってもいいことになった。つまり、今度こそほんとうに、私のところに現れたってちっともおかしくない状況になったのである。これ以上、何を望むことがあるだろう。しかも、そのおきてに従い、本書でトモダチになるのは、小さな人間の男の子と、つむじまがりのコロボックルじいさんだ。ようするに、年齢制限はないのである。いまこの、原稿を打っているキーボードの脇に、かわいらしいコロボックルが登場して、「中島さん、トモダチになりましょう」と言ったって、なんら不思議はないことになる。そう、いまであっても。であるから、いまだに私に夢を与えてくれているのが、この第四巻ということになるわけだ。

まずは、コロボックル山の片隅で、世捨て人みたいに生きているつむじまがりのじいさまの生活が描かれ、その魅力的な人物（コロボックル物？）像が語られ、人間とほいほいトモダチになっていいなんて新しいおきては受け入れられないと、怒ったつむじまがりのじいさまが、無鉄砲にも山を降りて人間の暮らす街の公園に住み着き（ここがつむじまがりゆえの選択で）、ふしぎな目をした男の子を見つける。ほんの少し先の未来を予見できるコロボックルの老学者・ツムジイ（つむじまがりのじいさま、の略だ）と、はしっこいコロボックルの動きを捉えてしまう超人的な目を持った男の子・タケルの運命的な出会いがもたらされる。そしてトモダチになる過程が前半ではゆっくり描かれる。

コロボックル物語のもう一つの特徴は、このゆっくり流れる時間にある。

コロボックルたちは早口で、足もとても速いけれど、人間とトモダチになると決めてからは急がない。最初のトモダチ、せいたかさんのときも、小さな子供の前に姿を現してから、戦争を挟み、時間を経て、大人になったせいたかさんの前に現れて自己紹介をしたのだ。ツムジイも、赤ん坊のタケルの成長に応じて姿を見せて、話しかけ、少しずつ慣らすようにしてトモダチになる。人間とコロボックルの関係において、主導権を握るのはいつもコロボックルだ。そしてたっぷり時間をかける。

それればかりではない。年寄りのツムジイは、これからどんどん成長して大人になっていくタケルのために、その長い人生を共に歩むための「ほんとうのトモダチ」を用意しようと考える。自分が死んだ後も、この男の子にはコロボックルのトモダチでいてもらわなくてはならないし、なにより、人の一生は長いものだという意識が、作者とその分身（創作上のキャラクターはいつだって作者の分身だから）であるツムジイには、あるからだろう。

一つにはこの長い時間の流れが、コロボックル物語に他のファンタジーにはないリアリティを与えているように私は思う。それはたぶん、作者がこの物語を着想し、温めていた時間の長さにも通じるのではないだろうか。一朝一夕にできあがったのではない世界観と、子供時代のおとぎ話で終わらせない物語構造が、私たちを強力に惹きつけるのだ。

さて、そうしてトモダチになるツムジイとタケルだが、後半になると、また違うモチーフとテーマが浮上する。これも、コロボックル・シリーズすべてに通底するものなのだが、「自然との共存」である。

タケルの通っていた幼稚園の近くに用水池があった。タケルはそこで、少し年上の少年ヒロシと友達になる。小さな魚を釣ったこともあるこの用水池が、周囲の土地が開発される中、だんだんと見捨てられ、汚れていく。心を痛める少年たち。大人の会話から、用水池がうめられてしまうと聞いた彼らは、ある決意をする。一方そのころツムジイとコロボックルたちも、その用水池にかつて注いだ湧き水とコロボックルの歴史に関する事実を見つけだし、行動を起こそうとしていた――。

クライマックスはこの用水池をめぐってコロボックルと少年たちが期せずして協力し、実現を見るある奇跡、ということになる。

『だれも知らない小さな国』でも、せいたかさんとコロボックルはいっしょに開発を阻止し、小さな国のある小さな山を守る。つまり、コロボックル物語はそもそも初めから、温かい、説教臭のない、ワクワクするおはなしの形で、せつせつと自然保護を訴え、乱開発を警告しつづけているのだ。

私は高度成長期に生まれ育ったので、田畑や里山が、道路や住宅地に変わる姿を当たり前のように目にしてきた。川はいつも、生活排水が流れ込んで汚れていたものだ。コロボックル物語の作者は、そんな光景を見るたびに胸を痛めていたのに違いない。あそこは田んぼだったのに。あの川では泳げたのにと。そして、人間よりすばしこくて、物の本当の価値を知っていて、豊かな自然や先人の知恵を犠牲にする愚かさのない、小さなコロボックルたちに夢を託すようにして、もっといい未来、もっといい生き方という選択肢を、私たち読者に見せてくれたのに違いない。

二十一世紀を迎えたいま、私たちは、今後「持続可能な世界」を築きうるかというシビアな局面に立たされている。もはや、地球環境への影響を考えることなしに利便性を追求できる時代ではなくなっているからだ。「ビオトープ」という名を冠した、自然生態系を守る事業が日本で行われるようになったのは、九十年代に入ってからだった。タケルたちが作ったのは、まさにビオトープだ。タケルとコロボックルは、それより二十年も前、いまから考えると四十年も前からその大切さを知っていたわけだ。

名作は古びない。いつだって読み手に新鮮な感動を与えてくれる。そればかりか、時代の波に洗われてなお、私たちの先頭を走って、行くべき道を照らしだしてくれる。

コロボックル物語に出会うということは（すぐれた文学作品との出会いがすべてそうであるように）、私たちが心の中に、一つの大きな世界を、とても豊かな財産を、現実と戦うためのよりどころになる想像力という力強い武器を、与えられることなのである。

シリーズは、あと二作（『小さな国のつづきの話』と『コロボックルむかしむかし』）刊行が続く。こちらも文庫版で再会を果たすのを、いまから楽しみにしている。

『ふしぎな目をした男の子』は一九七一年に小社より刊行されました。

本書は一九八五年に児童局より刊行された改定版の単行本と、一九九一年に刊行された青い鳥文庫をもとに文庫化したものです。

|著者| 佐藤さとる　1928年、神奈川県生まれ。『だれも知らない小さな国』で毎日出版文化賞・国際アンデルセン賞国内賞など、『おばあさんのひこうき』で児童福祉文化賞・野間児童文芸賞を受賞。日本のファンタジー作家の第一人者で、『佐藤さとる全集』（全12巻）、『佐藤さとるファンタジー全集』（全16巻）が刊行された。「コロボックル」シリーズは全6巻。『天狗童子』（講談社文庫）で赤い鳥文学賞、2015年には日本児童文芸家協会児童文化功労賞を受賞。2017年2月、88歳で逝去。

|絵| 村上勉　1943年、兵庫県生まれ。'67年、『おばあさんのひこうき』などで第16回小学館絵画賞を受賞。『佐藤さとる全集』（全12巻）、『佐藤さとるファンタジー全集』（全16巻）の装本・さし絵をはじめ、佐藤さとる氏との絶妙のコンビぶりには定評がある。絵本に、『おおきなきがほしい』『かえるのそらとぶけんきゅうじょ』などがある。

コロボックル物語《ものがたり》④ふしぎな目《め》をした男《おとこ》の子《こ》
佐藤《さとう》さとる | 村上《むらかみ》 勉《つとむ》・絵

講談社文庫
定価はカバーに表示してあります

2011年8月12日第1刷発行
2025年9月9日第6刷発行

KODANSHA

発行者――篠木和久
発行所――株式会社　講談社
東京都文京区音羽2-12-21　〒112-8001
電話　出版（03）5395-3510
　　　販売（03）5395-5817
　　　業務（03）5395-3615
Printed in Japan

デザイン―菊地信義
本文データ制作―講談社デジタル製作
印刷――――株式会社KPSプロダクツ
製本――――株式会社KPSプロダクツ

ISBN978-4-06-277020-0

講談社文庫刊行の辞

二十一世紀の到来を目睫に望みながら、われわれはいま、人類史上かつて例を見ない巨大な転換期をむかえようとしている。

世界も、日本も、激動の予兆に対する期待とおののきを内に蔵して、未知の時代に歩み入ろうとしている。このときにあたり、創業の人野間清治の「ナショナル・エデュケイター」への志を現代に甦らせようと意図して、われわれはここに古今の文芸作品はいうまでもなく、ひろく人文・社会・自然の諸科学から東西の名著を網羅する、新しい綜合文庫の発刊を決意した。

激動の転換期はまた断絶の時代である。われわれは戦後二十五年間の出版文化のありかたへの深い反省をこめて、この断絶の時代にあえて人間的な持続を求めようとする。いたずらに浮薄な商業主義のあだ花を追い求めることなく、長期にわたって良書に生命をあたえようとつとめるところにしか、今後の出版文化の真の繁栄はあり得ないと信じるからである。

同時にわれわれはこの綜合文庫の刊行を通じて、人文・社会・自然の諸科学が、結局人間の学にほかならないことを立証しようと願っている。かつて知識とは、「汝自身を知る」ことにつきていた。現代社会の瑣末な情報の氾濫のなかから、力強い知識の源泉を掘り起し、技術文明のただなかに、生きた人間の姿を復活させること。それこそわれわれの切なる希求である。

われわれは権威に盲従せず、俗流に媚びることなく、渾然一体となって日本の「草の根」をかたちづくる若く新しい世代の人々に、心をこめてこの新しい綜合文庫をおくり届けたい。それは知識の泉であるとともに感受性のふるさとであり、もっとも有機的に組織され、社会に開かれた万人のための大学をめざしている。大方の支援と協力を衷心より切望してやまない。

一九七一年七月

野間省一